Virgen en Aprietos

A. L. Sancabe

Reservados todos los derechos. No se permite la reproducción total o parcial de esta obra, ni su incorporación a un sistema informático, ni su transmisión en cualquier forma o por cualquier medio (electrónico, mecánico, fotocopia, grabación u otros) sin autorización previa y por escrito de los titulares del copyright. La infracción de dichos derechos puede constituir un delito contra la propiedad intelectual.

El contenido de esta obra es responsabilidad del autor y no refleja necesariamente las opiniones de la casa editora. Todos los textos fueron proporcionados por el autor, quien es el único responsable por los derechos de los mismos.

Publicado por Ibukku
www.ibukku.com
Diseño y maquetación: Índigo Estudio Gráfico
Copyright © 2021 A .L. Sancabe
ISBN Paperback: 978-1-64086-920-2
ISBN eBook: 978-1-64086-921-9

Estoy segura, las cosas pasan por algo. Si bien, la situación fue incómoda al principio. Ese hombre tenía una información que darme. Yo estaba convencida de que era un viejo verde, acercándose a mí con una segunda intención.

—Disculpe que la interrumpa, soy el médico que atiende a su padre.

Mi asistente virtual me decía: «No se detenga, siga su camino, recuerde que no es bueno hablar con extraños ¿o quiere que le diga qué es lo primero que le miró ese señor?». Ahí se cortó la comunicación. El hombre extraño aceleró el paso para alcanzarme y dijo:

—No tema señorita, yo anulé a su interlocutora y créame, ni el mejor de los técnicos lo reparará antes de una semana. Como le había dicho, conozco a su padre y fui por mucho tiempo su médico de cabecera.

En ese instante supe que era una equivocación de parte de ese doctor.

—Discúlpeme —respondí—, pero mi padre no está en mi vida desde hace bastantes años. En realidad ¡no tengo padre!

Siguió caminando al lado mío. Pidió por favor que traspasara todo el escrito y lo publicase tal cual. Él dirigía su mirada hacia la mía, le brillaban los ojos, como si fuese un niño inocente que se alegra y sonríe de la nada.

—¿A qué se refiere con «el escrito»? —pregunté—. ¿Acaso no entendió? ¿Está confundiéndome con otra persona?

El neurocirujano no puso atención a mi pregunta y continúo diciendo:

—Tal vez tú seas el antídoto que puede dar solución a mi investigación de años. ¿Cómo no pude pensarlo antes? ¡Es indudable! La genética siempre ayuda a evidenciar de dónde vienes, son tus ojos la prueba fiel de que eres hija de Alberto Antonio.

Ahí quedé perpleja, asustada, emocionada, enrabiada y alegre a la vez. Siempre quise saber algo de él, pero también deseaba que no existiese. La situación de abandono paterno marcó mi personalidad al principio, fui una niña retraída, tímida, incapaz de expresa en público emoción alguna. Sentía miedo de que se burlaran de mí, que me dijeran *la niña sin padre* o simplemente *la guacha*, como si dependiera de uno tener un padre.

Tuve la suerte, o la mala suerte, de ser atractiva; me buscaban no por lo que soy, sino por el envase que envuelve mi ser. Algunas de mis amigas sentían envidia de mi persona y agregaban: «Si nos dieras algo de tu belleza, tendríamos la atención de los hombres». En cambio yo, muchas veces los odiaba. Sabía que se peleaban entre ellos y querían conquistarme, no para una relación sincera, sino para satisfacer sólo sus instintos animales primitivos. Carne, carne, carne, era lo único que querían mis compañeros adolescentes o algún viejo verde queriendo dárselas de galán.

Lo que pidió el cirujano lo estoy cumpliendo. Creo que he sido lo más profesional que he podido, tratando de hacerlo al pie de la letra.

Día a día escribo lo que este señor escribió. ¿O tendré que decirle padre? Para mí, el único ser que cumplió esa función fue mi mamá. La única diferencia era que no orinaba fuera de la taza de baño.

Pero sigo insistiendo en que está fuera de época, a pesar de que para mí es importante para llenar el vacío del pasado y poder terminar de una, ese rompecabezas que me hizo llorar hasta largas horas de la noche y poder decir, por fin, con fundamento, lo que dice mi madre: «¿Para qué tener un hombre al lado, si son un amarre sin sentido?».

Entonces, de antemano, aclaro:

Soy ESTEFANÍA, hija del Arquitecto ALBERTO ANTONIO.

Y, en cierta forma, lo que representa esta suma de hojas.

Sin SONIDO, sin IMAGEN… se aleja de lo que ahora somos:

La era de los SENTIDOS.

Mi MUNDO: Música, videos, audio libros, comunicación instantánea.

Miles de amigos.

Entonces les pido: no me bloqueen, apenas tenga tiempo, subiré más fotos.

Sin duda alguna, lo que ahora sigue es lo único real que tengo… de saber quién es o era mi PADRE.

Él llama a su relato: *VIRGEN EN APRIETOS.*

Debo confesar la dificultad que he tenido para ordenar este relato cronológicamente. Hubiera sido de gran ayuda que hubiese enumerado las páginas del Tonono… Tonono, como así llamaban a mi padre. Para mí, este señor siempre fue Alberto Antonio, el arquitecto, el esposo de mamá. He logrado darme cuenta, por lo hasta ahora escrito, que pensaban y vivían de manera muy diferente a la nuestra; pero el ser, lo que da el sentido a la existencia, no se aleja mucho de lo que ahora somos. Lo que no entiendo es por qué este escrito estaba en manos del neurocirujano y qué quiere o quiso mi padre al hacer este relato, titulado así:

VIRGEN EN APRIETOS

Aquí comienza el relato del individuo que me abandonó cuando tenía la edad de diez años. El arquitecto, el esposo, el extraño, el innombrable, el jovencito enamorado. Pues puedo decir que le conozco mucho más ahora, de lo que hubiera podido saber de él estando conmigo. Ésta, al parecer, es la primera hoja y la escribe mi padre siendo menor que yo. Es tanta la rabia que siento hacia él, que imagino a mi padre subiendo la escalera y yo arriba del techo, empujándola para que cayese a piso, vengándome de su ausencia paterna. Hasta me río y siento que soy amiga de su hermano mayor, que debe tener la edad que yo tengo ahora.

Esto cuenta Tonono:

LLEGANDO A CASA

Es todo realmente hermoso. Tenemos un cerro cerca, las montañas a lo lejos, el sitio al cual llegamos tiene abundante maleza. El sol alumbra intensamente... un viento suave acaricia nuestras mejillas. Es agradable el aire que se respira.

Los amigos de mi padre ayudan a poner en pie unas piezas de madera. El golpeteo de los martillos interrumpe el canto de diferentes pájaros, a los cuales buscamos para ver en qué árbol tenían su nido.

En la noche improvisamos un dormitorio. Toda la familia durmió en colchones de resortes, tirados en el piso, que es todo de tierra. Escuchamos el cantar de los grillos. El viento sopla fuertemente. Mi sueño es interrumpido constantemente. El desvelo, la falta de luz eléctrica, creaba el ambiente idóneo para contar historias de miedo. Las risas y las conversaciones a baja voz fueron testigos de una noche eterna, cuya única luz era el tenue resplandor de una vela.

El techo de la casa estaba a punto de volarse. Ningún lugareño advirtió a nuestra familia que el viento era de temer.

Mi padre, junto con mi hermano mayor, se tiraron colchón abajo, con clavo y martillo en mano. La luz de la luna llena les favoreció para ver dónde dar los golpes. Mi padre no es de las personas que dicen garabatos, pero esta noche fue el primero que yo escuché de su boca. Es ese garabato donde se acuerdan de su madre.

Juacuncho, mi hermano mayor, gritaba pidiendo ayuda. Era obvio que debía ir en su auxilio mi otro hermano, el que le sigue en edad, pero esta noche y como todas las noches, él no tenía dificultad para quedarse dormido. No quedaba otra alternativa, sí o sí tenía que salir yo.

—Tonono, dame esa piedra —dijo Juacuncho. Saqué fuerzas de donde no las tenía, pero lo único que logré fue moverla un poco de su lugar de origen y dejarla a un costado de la escalera de madera.

—¡Sube la piedra, Tonono!

—Eres más huevo grande —le dije, Aunque mi madre no permite que digamos palabrotas. No disimuló su enojo y bajó hecho una furia por la escalera que estaba apoyada en la pared, a la cual le faltaba un peldaño, para subir al techo nuevamente y jactarse con papá de ser autosuficiente y hábil, pero igual se martillaba los dedos o si no, ¿cómo explicar el concierto de garabatos que tenía allá arriba? Si mi madre estuviese aquí afuera ayudando, ¡qué de seguro lo haría! Si no fuese porque estaba amamantando a mi hermana menor, todos los que echaron garabatos recibirían un coscorrón.

—¿Serás capaz de traerme ese pedazo de tronco? —replicó Juacuncho.

Pensé dentro de mí: «Qué se cree éste, ¿que soy Caupolicán?». No quise quedar en menos, levanté el tronco y lo apoyé en mi hombro, creo que hasta ese momento dejé a mi hermano mayor boquiabierto. Cuando quise subirlo a mi hombro para luego pasárselo, me fui de espaldas, no logré mantener el equilibrio. En ese instante mi hermano se apretaba la guata y reía a carcajadas. Mientras tanto yo aguantaba las ganas de llorar, para no quedar de menos hombre frente a mi hermano mayor y probablemente de mi padre, si es que estaba mirándome. Las copas de los árboles se movían de un lugar a otro, el polvo tapaba momentáneamente el cielo azul intenso estrellado.

Juacuncho dejó de reír cuando vio que pude pararme del suelo, luego de quedar todo empolvado.

Él dijo:

—Tonono, hermanito, entra a la casa ¿o prefieres que el viento te arrastre? Recuerda que él no distingue lo flacuchento que eres.

Sentí rabia, pues uno tiene la mejor voluntad, entregando todo lo que uno puede y cómo te pagan, burlándose de mi delgadez. «Búrlate —pensé—, pero envidia tendrás cuando llegue a ser un gran deportista y tenga mis músculos marcados».

Entré a la pieza y me acosté con ropa para no pasar frio. Luego me tapé la cara. No podía conciliar el sueño.

—¿Qué hago? —pensé en voz alta.

Dos de los hermanos que quedaron dentro y sin considerar a mi hermana pequeña, dijeron: «Cállate y déjanos dormir».

«Son muy patudos», pensé mientras ellos dormían. Yo trataba de ayudar para que no se nos volara el techo. Luego replicaron: «Cuenta ovejas». Intenté hacerlo. Conté mil quinientas ovejas y un lobo. Probablemente en ese instante dormí.

Soy Estefanía.

Debo reconocer que me carga leer, lo encuentro *fome*. Los *e-Books* preferidos son los que contienen bastante música, imágenes, videos y una que otra letra que dan la lata. Aprendemos de forma diferente, los libros impresos en papel están prohibidos por los grupos ambientalistas y también por empresarios políticos; al segundo grupo no lo entiendo, no sé qué ganan ellos si lo único que hacen es consentirnos en que no leamos y sólo nos informemos a través de videos, imagines, audio y del apoyo que nos da nuestra asistente virtual. Los estudiantes herejes portan uno en su morral, pero si son sorprendidos, deben pagar fuertes sumas de dinero y dedicar parte de sus vacaciones a reforestar y a los más desfavorecidos se le priva de la libertad, que puede ir de uno a trescientos sesenta y cinco días, dependiendo del contenido del libro. Una vez se filtró en los medios que un hijo de político fue sorprendido portando un libro impreso del escritor chileno Sancabe, cuyo título es: *Liderazgo y sumisión*. Lo raro fue que le bajaron el perfil a la noticia, pues dicen que era un joven medicado y carente de discernimiento.

Con respecto a lo anterior, escrito por mi padre, me sorprende que diga que le costaba conciliar el sueño. Mamá me dijo una infidencia, hubo un periodo donde mi padre vivía cansado, pero lo que a ella le dio rabia fue una vez cuando estaban en el juego amoroso, a punto de ser consumado, mi padre se quedó dormido sobre ella. Yo le pregunté: «¿Qué hiciste?». Mi madre dijo: «Lo empujé y cayó de la cama, luego se paró asustado y me abrazó como si nada, haciendo cucharita y diciendo: «Te amo, princesa…». Me desvelaron sus ronquidos, lo perdoné y le dije: «Me la haces de nuevo y te castro». Estoy consciente de que las infidencias de la familia no deben contarse, pero como a mi padre no lo considero de mi grupo afectivo, me da lo mismo.

Al parecer, los sueños y deseos de las personas cambian con el tiempo. Mi padre no fue un deportista, pero por las fotos que hay de él, demuestra que tuvo que haber hecho alguna actividad física. Es delgado, con musculatura marcada.

Tal vez las situaciones vividas por mi padre en su niñez lo apasionaron por la construcción. Hoy en día las casas deben estar en óptimas condiciones para poder ser habitadas. Por lo menos ésa es la premisa que llevó al éxito a la compañía inmobiliaria que fundó mi padre, cuyo nombre es: Your Refuge, Ltda. Si alguien compraba una casa con ciertas características, éstas debían ser cumplidas a cabalidad. Cualquier intervención hecha por el propietario debía de ser indemnizada por la compañía. Debo reconocer algo bueno de este señor que tengo como padre, el dinero lo consideraba como una suerte de bendición, no para vanagloriarse, sino para disfrutar y compartir sus beneficios; por lo menos eso estaba escrito en la bitácora que guardaba mi madre como recuerdo de su esposo. Económicamente logró montar una compañía sustentable, que nos permite vivir a nosotras y a muchas familias de manera confortable, pero aun así tengo rabia, pues el dinero no lo es todo en la vida.

Esto cuenta Tonono:

UN NUEVO SOL

El cantar de un gallo interrumpió el sueño que tanto me costó tener... ¡justo cuando estaba en la mejor parte! Al levantarme se notaba que había un sol precioso. La luz se abría paso por entremedio de las tablas, obligándonos o pidiéndonos por favor, abrir los ojos.

Mi madre estaba tejiendo una mantilla para la cama y la tetera hervía sobre las brasas de un brasero, en cuyo interior no había carbón, sólo ramas secas y palos. Un recipiente metálico llamado lavatorio, posado sobre un tronco, nos acechaba y recordaba que lo primero que teníamos que hacer era lavarnos las manos y la cara, luego mojarse el pelo y peinarse.

Quise hacerme el desentendido. Me senté al lado de mamá y ella preguntó:

—¿Qué desea, jovencito?

—Madre, quiero un té con canela y unas tostadas con mantequilla.

—Pero para eso, te falta algo —replicó.

—Ah —le dije yo—, ¿por favor?

—¿Quieres pasarte de listo? —dijo mi madre—, a lavarse la cara y sacar esas lagañas de tus ojos, luego péinese. Deme un beso de buen día.

—Ya, mamita —le contesté.

Puse un dedo en el lavatorio y encontré el agua heladísima.

—¡Madre, esta agua está congelada! Y si tengo la osadía de mojarme la cara, lo más probable que muera de hipotermia.

—Bien alaraco me saliste, Tonono. Tienes razón en que el agua está helada, pero debes recordar que estás en zona cordillerana.

Tomó la tetera y dejó caer un poco de agua hirviendo al lavatorio, agregando:

—Está listo, su majestad. Puede usted proceder.

En lo de *proceder* quedé colgado. Intuí que es sinónimo de prócer y quedé tranquilo.

Estaba sentado alrededor de una mesa para cuatro personas. El azúcar para el té estaba contenida en un frasco de vidrio, que las abuelitas usaban para la mermelada. El té estaba caliente, tomé la taza, la incliné y dejé caer de a poco el líquido sobre el platillo. Luego di leves sorbos para poder beber la infusión a una menor temperatura. El pan me lo comí en un dos por tres, pues tenía un hambre que hubiera sido capaz de comerme un caballo entero (así dice uno cuando tiene un apetito devastador).

—Las tostadas están ricas, mamá y el té con canela es único. Gracias mamita. ¡Te quiero!

Ella me miró, sonrió y yo agregué:

—Madre, te quiero de querer, pues no quiero más té de infusión.

—Hijo, soy tu madre y conozco tu forma de ser, tus juegos de palabras. Ve a jugar, si no quieres que te castigue.

—¡Gracias mamá, por entenderme!

Esto de estar de vacaciones creo que es lo mejor que nos ha pasado. Nos cambiamos a este lugar y no tengo que levantarme para ir a primera hora al colegio. Donde armó la casa papá, es grande, aún no termino de recorrer el patio. Hay muchos árboles frutales y un pequeño canal de regadío que servirá de mar para mis barcos de papel que no sé hacer, pero de seguro Geno, uno de mis hermanos con dotes manuales, podría ayudarme.

Sólo me di cuenta de que mi comportamiento era el de un perrito que tiene poco patio o no sale nunca a la calle. Llegar de Santiago, de la localidad de San Luis, donde vivíamos en unos cites que eran como varias viviendas con un patio común, a este lugar, era un mundo diferente, donde no hay murallas paralelas que atrapen el aire, el sol, la brisa y todo aquello que siempre está, pero nunca agradecemos.

Corría desesperado y alegre por todo el patio de la casa. Salté y apreté con mi mano una fruta redonda de color rojo, de cuesco pequeño.

—Mami, mami —grité—, ¿cómo se llama esta fruta?

—Hijo, esas son guindas.

—No me lo parecen —repliqué.

—La que tú conoces, hijo, es diferente, ésta es una un poco más grande, de color más disperso y le llaman: corazón de paloma.

Me acerqué a mi madre y le dije:

—Recolectaré las diferentes frutas y tú me dirás el nombre de las que no conozca.

—Está bien, hijo.

Yo no entendía del todo por qué sus manos tomaban un color rojizo azulado al escobillar las poleras en un recipiente de madera, llamado artesa. Lavando con un jabón rectangular, escobillando una y muchas más veces sobre una prenda, pasaba la ropa a un recipiente metálico, largo, de aluminio, que nos dio el abuelo. Ahí las sumergía una y otra vez. Después tomaba la prenda por sus extremos y comenzaba a estrujarla, sacándole la mayor parte del agua para tenderla.

Mi padre llegó con más madera: troncos, tablas y un techo al que le llaman pizarreño, otros, fonolas. Entablaron el piso de la pieza que usamos como dormitorio, la tabla era bonita. Mi madre, para embellecerla, la lustraba con pasta de zapatos. Yo me hacía la pregunta de para qué lo hacía, si ya tenía bastante con amamantar a una pequeña, tener que mudarla con un pañal de tela, que después de que la guagua hacía caquita, había que lavarlo y plancharlo. Era bastante que hacer para una mujer, día tras día las camas, cuidarnos, el almuerzo, el fuego para cocinar, el lavado, planchado, atender a papá. Era bueno para los hombres que existiera el machismo, pues sólo nos corresponde proveer dinero para la casa.

Mi padre se levantaba muy temprano para ir a su trabajo. Muchas veces no lo veíamos llegar. En este pueblo, al parecer, la mayoría de la gente tiene visión nocturna por la falta de luz. Las velas eran la única forma de iluminación, cuya llama duraba poco al haber siempre un ingreso de aire por algún orificio. Era común encontrar un platillo, un tarrito o un vaso con restos de espelma.

Mi padre nos traía paletas de dulce con sabor a manjar, le abrazábamos cada vez que podíamos y los más pequeños le pedíamos que nos llevara al apa (subirse a la espalda de tu papá, como si fuese un caballo).

Un día, temprano en la mañana, estábamos aburridos y se nos ocurrió la brillante idea de hacer un vehículo móvil. Los ingenieros eran Juacuncho y Geno, los obreros éramos Car y yo. Teníamos la tarea de recolectar tablas, dos troncos y un cordel. El cordel era lo más difícil. Teníamos dos opciones: una era sacarlo de la camioneta de arranque con manivela de mi padre, donde tenía amarrados unos troncos y la otra era sacar el cordel de donde colgaba la ropa mamá.

Los dos obreros, Car y yo, decidimos competir, demostrar quién era el más hábil. Yo corrí hacia la camioneta y Car corrió hacia donde mamá colgaba la ropa. En esta ocasión ganó Car, pues yo pisé la punta del cordel y me fui de bruces, en un santiamén volví a ponerme de pie, pero igual llegué en segundo.

Como siempre, los ingenieros llegaban cuando teníamos todo listo y casi totalmente armado, Juacuncho dijo:

—Esta tabla está al revés.

Y Geno exclamó:

—¡Deben hacer otro nudo a este cordel! Miren, así es.

Y quedaron ellos como dueños del modelito automotriz.

Ahora se nos venía lo peor. Nos subimos todos, o sea los cuatro hermanos hombres, a nuestro convertible. Cantábamos y hacíamos con la boca ruidos de autos, como aumentando la velocidad. En ese preciso instante, cuando hacíamos que el vehículo realizara un vaivén afirmando y tirando las sogas de cada extremo, lográbamos que se moviera.

Un maullido desgarrador nos obligó a que nos detuviéramos, miramos y nos dimos cuenta de que habíamos atropellado a nuestra gatita. Bajamos y vimos en qué estado estaba. La gatita dio su último maullido, se puso helada y comenzó a ponerse tiesa. Car y yo no parábamos de llorar, los ingenieros se desubicaron y bromearon. Juacuncho dijo:

—Hombre, mucha congestión.

A lo que agregó Geno:

—Hace falta un paso *gatotonal*.

Luego nos miraron y al ver a la gatita en nuestros brazos, dándose cuenta de que no dejábamos de llorar, les dio pena y lágrimas salieron de los ingenieros.

La colocamos en una bolsa y la enterramos en el fondo del sitio. Pusimos una cruz para acordarnos dónde la habíamos dejado y a su vez, en señal de respeto fúnebre, comenzamos una oración diciendo: «Perdona a la gatita por andar por donde no se debe y a nosotros por no haberla visto, amén» y quedamos en guardar el secreto, pues éramos todos en ese momento unos cuasi asesinos.

Nos fuimos hacia adelante y no entendíamos por qué nuestros padres tomaron de las orejas a los ingenieros, mi mamá a Geno y mi padre a Juacuncho, llevándolos a cada uno en diferentes direcciones. Nosotros corrimos olímpicamente de esa situación, nos escondimos en un cuartucho y desde esa base estratégica podíamos ver por qué estaban retando a los ingenieros. Car y yo nos preguntábamos, quizás, qué condoro se mandaron nuestros hermanos mayores. De repente escuché un quejido, mi hermano Car lloraba, yo le tapé la boca para que su sollozo no delatase nuestro escondite y le dije: «Eran ellos o nosotros, alguien tiene que pagar el precio de nuestras maldades», pensando que lloraba, porque vio cómo reprendían a Juacuncho, pero esa no era la razón, era el gallo que enterraba sus garras en el suelo como echándose vuelito para poder atacarnos. Estábamos en su territorio, que por un momento usamos como guarida y Car se llevó la peor parte al recibir un picotazo en un cachete del pantalón. Me dio rabia y defendí a mi hermanito y le dije al plumífero: «¡Te creí muy gallo!». Y mi hermano me miró, sonrió entre lágrimas y agregó: «Es un gallo». Se agarró de mí usándome como escudo y fue tal el alboroto que armó esa ave, que produjo que muchas de sus compañeras gallinas dejaran de hacer su actividad ponedora y nos rodearan, como protegiendo a la gallina de los huevos de oro. Nos salvamos, pues mi padre llegó al escuchar el ruido y, antes de preguntarnos qué hacíamos nosotros ahí, se respondió solo al ver el huevo que yo tenía en la mano, que le robé al gallo por haber agredido a Car y dijo:

—¿Tienen hambre, mis pequeños? Vengan, les haré un huevo a la copa.

Estábamos Car y yo sentados a la mesa disfrutando del huevo a la copa, echándole trocitos de pan y comiéndolo, era un premio arrebatarle un huevo a ese gallo. Mi hermano se sentaba de ladito, pues aún le dolía el cachete. Miramos por la ventana y vimos a Juacuncho, estaba recogiendo los troncos que se cayeron de la camioneta y Geno tuvo que recoger la ropa del suelo y lavarla. Luego de que pasó la tempestad, aparecimos Car y yo. Bueno, reconozco que nunca pensé que los troncos caerían de la camioneta al sacar el cordel y Car jamás imaginó que había ropa en el otro extremo del cordel que él sacó. Estuve a punto de acercarme a mi padre y decirle: «Yo fui papi, el que sacó el cordel de tu vehículo», pero se me aconcharon los meaos (expresión de cobardía) al acordarme que no tengo orejas de repuesto y notar que papá estaba bastante enfadado.

Nuestros hermanos mayores no querían vernos. Nos acorralaron y nos ofrecieron penitencia o chirlitos (que es golpearte con la fuerza de dos dedos en el brazo), agregando: «Por culpa de ustedes nos castigaron y nos reprendieron. Pensamos en acusarlos, pero era poco probable que nos creyeran. ¿Cómo sus pequeños niños tendrían la habilidad de cometer semejante disparate? Eso piensan mis padres de ustedes, hermosas criaturas», agregó Juacuncho. Creo que lo dijo irónicamente.

Salí a la defensa de nosotros: «Número uno, dije, nosotros no elegimos el día de nacer. Ustedes, al ser los mayores, igual tienen privilegios, tamaño, fuerza y cierto liderazgo. Nosotros, en cambio, sólo podemos usar nuestra mirada compasiva como medio de legítima defensa».

Soy Estefanía.

Debo reconocer que en la sencillez de sus vidas, Tonono y sus hermanos se divertían. Los hermanos pequeños son favorecidos en algunas situaciones, sobre todo en lo que respecta a culpabilidad.

La abuela hacía tareas que denotan sacrificio y dedicación. No quiero imaginar el dolor de sus manos, tienen que haber estado partidas de tanto lavar con agua helada. Cuando mi abuela le entibió el agua del lavatorio a mi padre para que se lavase la cara, me imaginé tomando la tetera y dejando caer el agua hirviendo en sus manos. Hace mucho tiempo que no usaba mi imaginación, aunque de forma vengativa y cruel. Mi padre decía: «Hija, la imaginación es un arma poderosa, no dejes que el tiempo la desvanezca». Eso lo leyó mi mamá de la bitácora.

Ahí recordé por primera vez situaciones que tenía bloqueadas, jugábamos muchas veces. Él colocaba calcetines en sus manos, les hacía pelucas, ojos y cambiaba su voz y me perseguía diciendo: «¡Te voy a comer, soy un monstruosaurioooooooo!». Yo, al anochecer, me escapaba de mi cama y me acurrucaba a su lado. Él cruzaba su brazo y decía: «Nunca crezcas, eres mi guanterito de día y de noche». El recuerdo me hizo correr una lágrima y limpió un poco el rencor que siento hacia él.

Esto cuenta Tonono:

NO SOMOS LOS ÚNICOS

Hoy fue un día diferente de hacer lo que hacíamos comúnmente en la mañana. Salí a la calle, toda la gente que pasa cerca saluda cordialmente, como si te conociese de toda la vida. Uno podía ver a los vecinos construyendo, limpiando.

Caminando un poco me encontré con la señora que vendía pan amasado. Mas allá, esa vecina que habla fuerte, lo que permitía enterarse de la vida de ella y de los demás. Tuve que preguntar dónde vendían verduras y abarrotes. Eran sólo dos almacenes los que abastecían a todo el pueblo.

En los patios era posible ver caballos, vacas, chanchos, gallinas, todo un zoológico vecinal. Personas con los pantalones arremangados, chancletas (tipo de calzado que ha evolucionado a chala o hawaianas) y pala en mano. Era un verdadero campo poblado; gente en bicicleta, a caballo y con chupalla (sombrero de paja y de ala ancha).

En nuestro hogar existe, al momento de llegar, el único teléfono público del pueblo y una guía para buscar los números de teléfonos de otras localidades. El teléfono tenía un círculo y dentro de este círculo diez pequeños círculos. Cada uno de ellos contenía un número del cero al nueve. Había que girar el círculo hasta que tocara una palanquita y se marcaban los números a los que deseabas llamar. Siempre tuve la duda de cómo podías escuchar la voz de alguien que no estaba cerca de uno, saliendo por esos agujeros diminutos. Era un verdadero misterio.

Debo reconocer que las niñas de campo son bastante bonitas, imagino que el aire periférico le hace bien a la gente. Para mi sorpresa, entraba a nuestra casa una bella niña, yo pensé dentro de mí: «¿Estará perdida?» Se acercó un poco más y miró con extrañeza.

—Hola, soy Paula.

—Hola Paula, mi nombre es Juan.

En ese momento estaba mintiendo, pues recordé que a todos los Juanes, les llueven las mujeres.   Paula exclamó:

—¡Otro Juan! ¡No puede ser!

Contó que vivía, desde hacía ocho años, en el Pueblo Sin Nieve.

—Aquí todos se conocen —dijo.

—Yo no conozco a nadie —repliqué—. Llevo dos días acá —mentí nuevamente— y llama mi atención que sea todo tan verde y bello.

Paula agregó:

—Cuando dices todo tan bello, ¿te refieres a mí también?

En ese momento el rojo invadió mi rostro, quise huir, pero no pude. A lo lejos se escuchó la voz de mamá que me llamaba: «Tonono, ven por favor». Y yo, el pavo, corrí… olvidándome de que recién me llamaba Juan.

Mi madre preguntó: «Hijo ¿qué haces?». Le dije que estaba conversando con una niña muy hermosa llamada Paula. Mami agregó:

—¿Estaban en la calle?

—No, en el patio de la casa —respondí.

—Tonono, hijo, entonces debe venir a llamar por teléfono.

—Quizás, mami, no le pregunté.

Mi madre fue a hablar con la niña:

—Hola, Paulita, ¿puedo ayudarte en algo?

—Sí, ¿podría marcarme este número de mi papá? Es un llamado cobro revertido, por favor. Mi madre marcó el número de la operadora y le dijo: «Señorita deseo un llamado cobro revertido» y luego le dio el número. Así Paula pudo conversar con su padre, apenas terminó de hablar, salí al patio esperando verla antes de que se fuera para preguntarle de dónde era y si la volvería a ver por estos lados. No fui capaz de llamarla por su nombre. Su espalda vi cuando estaba dejando la puerta de entrada al patio y le grité: «¡Corazón de paloma!». Ella volteó, se acercó y me miró sonriente.

—¿Qué me dijiste?

—Lo que escuchaste, ¿quieres un corazón de paloma?, nuestro cerezo da muchas, espérame un segundo.

Tomé una rama de choclo con un gancho para desprender los frutos, traté reiteradas veces pero no pude. Paula pidió que juntase mis manos y entrelazase mis dedos como columpio: «Ponte firme». Apoyó su pie en mis manos y se dio un impulso, trepó al árbol y bajó, me pasó dos guindas. Me miró y sacó una de mis manos. «Gracias —me dijo—, por lo de corazón de paloma». Y luego se despidió:

—Chao Tonono. ¿O debo decir Juan?

Yo volví a ponerme rojo y recordé lo que decía mi madre: «Más fácil es pillar a un mentiroso que a un ladrón». Reconozco que mentí al cambiarme el nombre, pero más que mentiroso, en ese momento quería ser ladrón para poder robarle el corazón a esa hermosa niña llamada Paula.

—Madre, ¿conoces a Paula?

—Sí, es hija de los Fuentes. ¿Por qué?

—Por saber, nada más.

Esperaba todas las tardes del mes de febrero poder verla, pero no sucedió. Llegaron muchas niñas con sus padres a hablar por teléfono a nuestra casa, pero ninguna era igual a Paula. Igual ese verano fue bastante entretenido. Nuestro padre nos acondicionó una mesa de ping pong usando un mesón que había para matar chanchos. Entre correr para golpear una pelota con la paleta, terminábamos cansados, pues era grande para nosotros. Muchas veces, aunque golpeaba fuerte, no podía pasar la red. Sólo Juacuncho con Geno podían jugar sin cansarse tanto. En ese momento pasaron unos amigos de Juacuncho y lo invitaron a jugar a la pelota. Juacuncho invitó a Geno, Car se fue a dormir una siesta y yo pasé a la casa de mi vecino, pues escuché unos estruendos y golpes poco normales. Mi vecino era bastante creativo, me enseñó lo que pasaba si al pizarreño (material usado para techos) lo colocabas sobre una fogata; teníamos unos latones para protegernos el cuerpo por si algo indeseado sucedía. El pizarreño, con el calor, se resquebrajaba y salía disparado como una bala y el sonido era bastante fuerte. Al asomarme sentí en mi frente cómo algo tibio se deslizaba, me toqué la cara y mi dedo quedó con sangre. Le pregunté a Pedro y me dijo: «Sacaste la cara de nuestro latón escudo, lo más probable es que un pedacito de pizarreño te haya rozado la frente provocándote un corte; por favor, no le cuentes la verdad a tu madre, pues si ella habla con la mía o peor aún, si mi padre se entera, me pelan las nalgas a varillazos. Son sumamente estrictos, pero yo prefiero desobedecer, asumiendo el dolor como recuerdo a una diversión sin límites». Mi madre observó el corte y recordé la clemencia verbal que pidió Pedro. «¿Qué te sucedió, Tonono?». Sin titubear, pero alejando mi mirada de la suya, dije: «Me saltó el trompo mamá, al tratar de hacerlo girar y querer tomarlo con la mano».

Otra tarde andábamos jugando en mi casa con unos palos de escoba en cuyo extremo colocábamos mangueras, las cuales prendíamos para que cayeran unas gotas de fuego. Hacíamos pequeñas fogatas con este invento, que era como un encendedor gigante que no consumía gas. Lo peor estaba por venir: una llama bebé, de movimientos pequeños, cambió su atractivo al ser soplada por el viento y creció de forma abrupta; el humo alertó a nuestros vecinos mayores, la voz en eco de los vecinos atrajo a la multitud y muchas manos con tarros y mangueras, unidos a la desesperación nuestra, logramos apagar las llamas que consumieron los troncos que vendíamos para tener algo más de dinero. Lo bueno era que ninguna casa se quemó y los vecinos buscaban el origen del siniestro... era hora de confesar, pues si no hablaba yo, lo más probable era que mi vecino lo hiciera. Lo busqué con la mirada pero no estaba, busqué la evidencia y ésta había desaparecido. Si no hay evidencia, no hay culpables. Se aproximó a mí la señora que habla fuerte, a la cual le decían *la megáfono*:

—¿Niño, ¿sabes qué pasó?

—Claro —le dije—, se quemaron los troncos que trajo mi padre.

—Eso lo sé —afirmó—, quiero saber qué lo produjo.

—Ah —le dije—: el fuego.

Se retiró diciendo: «Este niñito no entiende nada». Le entendí perfectamente, pero tanta curiosidad, sin ser la directamente afectada, daba para la sospecha. Mis padres llegaron y mis hermanos también. Cuando ya no quedaba nada de gente, un vecino se aproximó a mi padre, le pasó un montón de billetes y le dijo: «Soy el Presidente de la junta de vecinos y sabemos que lo sucedido es doloroso para ustedes. Nuestros pobladores recaudaron esta suma, por favor acéptela y consuele a Tonono, que se encontraba solo al momento del siniestro y lo más probable es que esté conmocionado. No hay evidencia de lo sucedido, lo único que le pido es que no hostigue a su hijo con preguntas. Este sitio fue abandonado por sus moradores anteriores, porque dicen haber vivido situaciones anómalas, pero usted sabe, vecino, que la gente habla de puro chismosa». Jamás me preguntaron mis padres qué había sucedido, creo que fue gracias al caballero, que se dice Presidente del Pueblo Sin Nieve.

Cuando tienes un patio grande, la creatividad se despierta. La cabeza comienza a crear cosas. Un amigo de la cuadra, llamado Daniel, vino a jugar conmigo.

—Tonono, ¿de casualidad tendrás unos paraguas por ahí?

—Claro —le dije yo pensando que íbamos a crear lluvia artificial y nos reiríamos del agua, que no podría alcanzarnos.

Traje dos, uno era como bien elegante, pues tenía una cubierta de cuero donde se le guardaba cuando ya estaba seco y el otro parecía ser más de batalla. Se los entregué y le dije:

—Supongo que ahora querrás la manguera para producir la lluvia ¿o estoy equivocado?

—Elemental, mi querido Watson, estás equivocado.

A lo cual yo agregué:

—Primero, puedo estar equivocado, pero más pavo eres tú pues yo me llamo Tonono y no Watson.

A lo cual agregó:

—Obvio que te llamas Tonono, sólo quería que este juego fuese más interesante, ¿o jamás oíste hablar de Sherlock Holmes?

—En realidad no, sólo leí Papelucho, de Marcela Paz y era súper *cachilupi*, pues lo leí el año pasado, cuando ambos teníamos la misma edad.

Les sacamos la cobertura impermeable a los paraguas, les quitamos las varillas que sujetaban la tela y les colocamos unas tacitas de los juegos de muñecas de la Pilo; éstas salían disparadas con un resorte que traía el paraguas, cuyo detonador era el botón que servía de cierre de éste. Debo confesar que yo no diseñé este invento, pero lo encontraba grandioso y entretenido.

Las vacaciones estaban llegando a su fin. Yo tenía ya mi uniforme escolar, que era lo mejor que había quedado de mis hermanos de años anteriores. Los zapatos se enviaban al zapatero para que les cambiase las suelas.

Soy Estefanía.

Estuve a punto de correr y preguntarle a mamá si mi padre le había contado quién había sido su primer amor, para saber si contaba la verdad o seguía igual de mentiroso, pero me abstuve, éste es un tema delicado.

Con los sentimientos encontrados que tuve al toparme con ese doctor, no le pregunté dónde vivía o lo más importante aún… cuál era el paradero de mi padre. En qué estado estaba, ¿o habría muerto? Tal vez el doctor quería algún dato para ponerle fin a la ficha clínica. Mi cabeza comenzó a pensar mil cosas. Hace mucho tiempo que no me sucedía esto, estaba acostumbrada a usar mi visión como único sentido predominante y oír sólo para seguir instrucciones. La sociedad nos acostumbró así, a ver todo el día películas, estar con el **seehear** (aparato que va quitando de a poco, terreno al teléfono celular) encendido veinticuatro siete y estudiar *online*. Somos temerosos de tomar decisiones, la asistente virtual de nuestra vida las toma por nosotros; tuve que hablar con un trabajador del área técnica de la empresa de papá, para ver si podía mantenerla desconectada antes de que se reiniciase automáticamente, pudiendo así moverme libremente. Sentí miedo, pues necesitaba sentirme respaldada por una voz que tenía toda la información del mundo. Por lo menos detalladamente, desde la generación de **los cabeza de avestruz**, que eran los jóvenes que fueron atrapados por la magia del celular, pasando mucho tiempo con la cara inclinada, sin despegar los ojos y los dedos de la pantalla.

Por lo menos nosotros mantenemos la cara erguida por obligación, pues la pantalla celular fue remplazada por un lente de contacto bifocal (los **filmlenses**) que permite ver tu entorno real y el virtual. Sólo usamos la voz para ejecutar cualquier función y **el talkbring** transfiere la información al *filmlens*. A ambos dispositivos los conocemos como **seehear**. Esto es adaptado para las personas con ausencia de algunos de sus sentidos.

Mi padre estaría sorprendido al ver que la vocecita que salía por el auricular del único teléfono público de su pueblo, se masificó y evolucionó, para ser protagonista de nuestras vidas y más aún, para tener más vida que nuestras propias vidas. Guau… ya me puse intensa.

Esto cuenta Tonono:

ES HORA DE COLEGIO

A diferencias de muchos, estaba ansioso por conocer mi nuevo colegio. Mi madre ya nos había matriculado y nos tocó a todos la jornada de la mañana, a la cual se entraba a las ocho a.m. y nuestro horario de salida aproximado era a las dos p.m.

Creo que es el único día en el que mamá no tiene que preocuparse por despertarnos, pues todos ya estábamos listos. Nos fuimos caminando, el colegio estaba como a siete cuadras que se hicieron cortísimas. El colegio tenía una reja metálica de acero u otro material parecido, que formaba pequeños rombos. Era una verdadera reja de gallinero, con la diferencia de que los rombos eran más grandes y firmes.

Entramos al colegio. Tuvimos que formarnos en filas por curso y tamaño del alumno. Para mí, en cierta forma, era algo discriminador, quedando segundo en esa fila. Todas las niñas eran más altas que yo. El director se dirigió a toda la audiencia, tanto a alumnos como apoderados. Hablaba hasta por los codos, como si le hubiesen amarrado la lengua todas las vacaciones.

—...Y por último, queridos alumnos, son ustedes la imagen y proyección de esta escuelita rural. Lo que aporte cada uno permitirá decir a todo el pueblo: «La escuelita n° E 707 es la mejor». Cantaremos el himno nacional, luego pasarán a sus salas siguiendo a su profesor o profesora jefe.

Entramos a la clase. Dejé mi bolso en el tercer puesto de la sala y al centro de ésta, se podía observar por la ventana que el terreno en el cual estábamos, era inmenso, con muchos árboles. Una verdadera cancha de fútbol, exagerando un poquito. El escenario de donde habló el director era una verdadera mole de cemento, con escaleras construidas del mismo material.

La profe nos saludó, miró a todos los alumnos y dijo: «Hay una cara nueva en el curso. Podríamos pedirle que se presente, que nos hable tranquilamente de él, pues nosotros no mordemos». Nadie hablaba, yo menos, pues no sabía a bien y a ciertas si era yo. Unos ojos inquisidores y tiernos fijaron su mirada en mí. «¿Podría usted darnos su nombre, jovencito?».

Una tierna voz de una niña agregó: «Yo creo que él debe llamarse Juan». Quise mirar, pero no giré la cabeza. Recordé lo que hacía un momento dijo la profe, eso de que no mordían, y me atreví a decir mi nombre: «Hola, soy Tonono».

—A ver Tonono, venga, acérquese a la pizarra, dese vuelta y cuéntenos a todos algo sobre usted.

—Hola, soy To... To... Tonono. Vengo de San Luis, Santiago.

Hasta ahí estaba bien, pero me dio pánico escénico al ver a la Paula de piernas cruzadas y con su cabello muy peinado. La miré, al parecer se dio cuenta, pues para terminar de inmovilizarme, separó levemente su mirada de mí, ignorándome. Sonó la campana y todos gritaron: «¡A recreo, a recreo!». Dos niñas me tomaron de los brazos y dijeron: «Nosotras te mostraremos la escuela». Yo me preguntaba a mí mismo cuánto duraría este minuto de fama. Una de las niñas no dejaba de hablar y decía: «Estoy sola, nadie ha sabido conquistarme, soy un verdadero tesoro. ¡Mírame Tonono! ¿Qué opinas tú? Imagina que eres auto y yo tu carretera, ¿cuánto te demorarías en recorrer estas curvas?». La amiga de ella respondió: «Deja tranquilo a este bebé, ¿cómo quieres que conduzca?, si se nota que aún le falta para ser piloto. Búscate un hombre que maneje camiones, porque usted, mi niña, con ese porte y esas curvas, eres un verdadero camión y este niño necesita aprender en curvas menos pronunciadas, como las mías. ¿Qué opinas Tonono?». Antes de que alcanzase a dar mi opinión, ya se habían agarrado de las mechas, insultándose y revolcándose en el suelo. La multitud se acercó a mirar, pero mis compañeros de curso las separaron. Juan tomó de los brazos a la niña que trataron de camión y le dijo: «Calma, ¿dónde se ha visto que las mejores amigas se peleen?». Pero entretanto, la otra niña se soltó de quien la sostenía y levantó su pierna derecha, alcanzando la falda de María y elevando la prenda hasta la altura de su hombro, dejando al descubierto la falta de calzones. Todos quedamos sorprendidos, algunos sintieron vergüenza ajena y otros se taparon los ojos. Yo pensé en no mirar, pero miré y llamó mi atención que tuviese bastantes pelos en esa zona y encima, despeinados. María se picó y olvidó que la habíamos visto, empujó a Juan para que la soltara y levantó la falda de Fabiola como echándole airecito; la pobre sí tenía calzones, pero eran de goma. Ahí Fabiola dejó su rabia y largó en llanto. María se dio cuenta de su equivocación y reconoció que lo hizo con maldad y le pidió perdón a Fabiola. Se abrazaron, pero yo no sé si a bien y a ciertas, se perdonaron.

La cancha de fútbol se volvió a ocupar por mis compañeros de curso, que disputaban un partido contra un curso mayor, los del octavo. Las niñas se sentaban en las gradas de madera, haciendo barra a sus compañeros. Paula se levantó y gritó con fuerza un gol. Yo la observaba del lado contrario, junto a las dos niñas que me tenían prisionero de mis brazos.

Pensé que Paula se acercaría. Nunca me miró y si lo hizo, no me di cuenta. De pronto, mi compañero Juan tomó del brazo a Paula y algo le decía con cara de enojo. Era obvio, según yo: «Estos dos deben ser pololos».

Sentí rabia, pena, celos. Mi primera ilusión en potencia se desmoronaba por culpa de un Juan. No supe a dónde fueron y ahí me quedé sentado a la vista de todos. Me doy cuenta de que me pasó películas rápido. Una lágrima escapó, pero apenas se deslizó por mi cara, la atrapé y la llevé a mis narices, para que pensaran que era romadizo.

A casa llegué triste, esperé tanto tiempo ver a Paula y ella ni siquiera me dirigió la palabra. No me miró y tampoco sonrió. Me saqué la ropa de colegio y traté de olvidarla. Para tratar de distraerme comencé a realizar la tabla con rueda que quería. Dentro de todas las tablas que estaban en casa encontré una que llamó mi atención, era amarilla, liviana, resistente. Desarmé unos patines cuyas ruedas estaban en buenas condiciones y las coloqué en la tabla que había cortado con el serrucho de mi padre; sin su consentimiento, pues teníamos prohibido usar las herramientas. Me costó bastante serruchar, el brazo se cansaba y dolía. Deslicé sobre los dientes de esta herramienta un trozo de vela, pues una vez vi a mi padre hacerlo y él decía que era para que se deslizase mejor y poder terminar el corte más rápido.

Tomé la tabla rueda dirigiéndome hasta el final de mí cuadra. Las casas que daban cerca del canal de aguas turbias no las conocía. Había una pendiente bastante considerable, en la cual comencé a entrenar de a poquito, tirándome primero sentado en la tabla para poder perderle el miedo a la caída. Luego de unas horas tuve la valentía de hacerlo de pie. Caí al suelo varias veces hasta lograr en un momento un deslizamiento satisfactorio. Era feliz con mi pequeña gran hazaña. Lo hacía todos los días después de hacer mis tareas, mi cama y alguna que otra cosa.

Por fin te olvidé, Paula. A pesar de que nos veíamos en el curso, existía un hielo entre nosotros, el cual yo no podía romper, pues nunca supe cómo. Era tímido y poco sociable y a veces, muy exigente conmigo mismo. Buscaba el perfeccionismo, exigía lealtad y no permita que nadie me tratase con garabato, pues un día que dije una mala palabra, mi madre me selló la boca con un palmazo; si bien no fue fuerte, fue un verdadero represor del lenguaje indebido. Para más remate, la palabrota ni sabía qué significaba, la escuché y la repetí solamente.

A pesar de mi poca sociabilidad comencé a ganar un amigo. Él vio cuando yo me estaba tirando en mi tabla.

—Hola —me dijo—, ¿puedes prestarme esa cosa con rueda?

—Claro —le respondí—, tienes cara de buena persona.

Se subió y se deslizó rápidamente en ella alejándose algo de mí, pero resbaló y quedó tirado en el suelo. Sus codos se pelaron y estaban algo sangrientos, le ayudé a pararse y le dije: «Amigo ¿cómo te ayudo?

Bueno, no creo que andes con una venda».

Miré mi polera regalona, tenía un piquete, tomé una rama y lo agrandé, saqué de ella una tira. Le pedimos agua a una señora que regaba la calle y él se lavó los codos. Para cortar la tira en dos fue una verdadera odisea, la golpeamos con una piedra hasta molerla y luego jalamos cada uno en dirección opuesta logrando el objetivo y riéndonos de dolor, pues habíamos caído ambos al suelo.

—¿Te cuento algo, amigo? —dijo—: Pensé en robarte la tabla y justo en ese momento caí al piso. Pero no por falta de habilidad, sentí una mano gigante empujando mi hombro izquierdo, que rompió el equilibrio mantenido. Dime: ¿Quién te protege?

La pregunta me dejó para adentro, sin saber qué decir en ese instante. Vino a mi cabeza una mentira piadosa: «Tengo un protector extraterrestre, soy descendiente de unos reyes alienígenas, que me visitan cada cierto tiempo». Y le mostré una cicatriz con forma de bumerán que tenía en mi mano izquierda, (que me hice con un cuchillo cortando ramas para hacer una casa). «Esta es la marca —dije— y probablemente seré rey pronto, en otro planeta».

Mi reciente amigo me miró con asombro y dijo:

—De hoy en adelante seré tu amigo, tu protector, pues sé artes marciales. Llévame a tu planeta cuando te llamen a gobernar y estaré listo si me concedes la oportunidad de ser capitán de tu tropas para mantener la paz o pelear estratégicamente. Si me necesitas estoy en el séptimo b, en el gallinero, en la escuelita del pueblo, pregunta por Eduardo.

—Bueno —le dije—, y gracias por tus intenciones. Yo soy Tonono, del séptimo a, de la misma escuela.

—Que estés bien —dijo mi nuevo amigo y agregó—: Pídeles a tus protectores que te cuiden, pues ésta es tierra de brujos.

Llegué a casa. Lo que dijo mi amigo me quedó dando vueltas. ¿Se habrá dado cuenta de mi mentira y me dijo otra para dejarme intrigado? Tierra de brujos. Seguro yo voy a tragarme tamaña mentira. Más que mal vengo de la ciudad, de la capital, donde cuestionamos cualquier cuento popular. Esa noche tuve una pesadilla donde un perro policial estaba arriba de nuestra reja hecha de alambre de púa y palos de bambú. Por algún motivo raro para mí, ese perro no podía saltar hasta nuestro lado, pero me atemorizaba y no me dejaba tranquilo. Grité durante esta pesadilla y el grito llegó hasta oídos de mamá, quien me despertó y preguntó qué me sucedía.

Llorando le dije que un perro feo estaba en la parte más alta de nuestra reja y no podía despertar. No sabía cómo liberarme de él.

—Mira hijo —dijo mi madre—, para todos los seres humanos, de alguna u otra forma existe un ser superior, a Él y sólo a Él hay que pedirle ayuda. Descansa hijo y ten dulces sueños. Que Dios te guarde.

Esto de Dios me sorprendió y la parte *te guarde* también, es como que te deje en una habitación encerrado para protegerte... ¡supongo!

Nunca pensé necesitar la ayuda de Dios. Aunque a lo largo de mi vida escuché muchas expresiones que le mencionan, como cundo te despides de alguien y dices: adiós. Cuando deseas el bien de alguien y exclamas: Dios te bendiga o Dios te guarde. O cuando somos egoístas y queremos a Dios sólo para nosotros y decimos: Dios mío. Ese día mamá me dio a entender que lo necesitaba a Él para despertar de mis pesadillas. Tuve sueños agradables, incluso Paula estuvo en uno de ellos. Se acercó a mí queriéndome besar los labios, pero justo en ese momento, mamá nos despertó acelerada y dijo: «Niños, nos quedamos dormidos. Hagan todo rápido, corran, corran...»

Lo que más me gustaba de mi colegio, aparte de poder ver a Paula, era la hora del desayuno; nos daban un tazón de leche saborizada y tres galletas de color café de forma cuadrada. Eran un verdadero tesoro. Las apostábamos al cachipun. Piedra, papel y tijera, eran las formas que tomaban tus manos para poder derribar al adversario. Gané y perdí muchas veces quedándome sin desayuno y comiendo otras veces hasta no dar más.

Ese día se nos ocurrió jugar al pillarse. Hombres contra mujeres, la reja era la capacha; se le llamaba así, pues ahí se dejaba a las personas que fueron atrapadas, en este caso eran las mujeres. Ellas arrancaban y nosotros las perseguíamos. La captura fue rápida, pero faltaba pillar a Paula, que era la más veloz. Yo tenía que evitar a toda costa que llegara a la capacha y liberara a todos los rehenes con el sólo hecho de tocar la reja y decir: LIBRE.

Sin pensarlo me interpuse en su camino, pero Paula no disminuyó su velocidad. No me moví en ningún momento y cuando ella notó que mi actitud era decidida frenó, pero ya era tarde. Nuestros cuerpos impactaron y fuimos a dar al piso, ella quedó sobre mí y dijo: «Tonono, eres un verdadero tontito». Besó mi mejilla y dijo gracias. Se zafó de mí y corrió a la capacha diciendo la palabra que yo no quería escuchar: LIBRE, LIBRE, LIBRE. Todas las niñas salieron corriendo. Mis compañeros se picaron y no quisieron seguir jugando. A pesar de que perdimos, yo había ganado mucho. Paula me dijo: tontito, con algo de cariño, estuvo sobre mí, me miró por un instante y para mayor felicidad, me besó en la mejilla sin yo pedírselo.

Esa vuelta a casa, después de esa aventura, para mí romántica, fue maravillosa. Todos notaron mi alegría. Mi mamá dijo: «¿Qué te pasó, Tonono?, ¿te sacaste un siete?».

—Madre —repliqué—, ¿acaso las notas son lo único importante en la vida?

—Por supuesto que no, pero da indicio de que te estás esforzando y entiendes que tu educación es lo único que podemos heredarte para que termines tu enseñanza media y luego puedas ser más que tus padres.

—Sí mamita, entiendo lo que desean para mí y mis hermanos, quieren que lleguemos a la universidad y seamos más que ustedes. Mamita —le dije—, gracias por querer que tengamos estudios, gracias por toda su dedicación, pero no me pida que sea más que ustedes, porque ustedes, para mí, ya son mucho. Y a pesar de su falta de educación formal, saben demasiado y los valores no tienen letra universitaria, los da la vida, con nuestro comportamiento, sacrificio, honradez y amor paternal. Cuántas cosas nos han dado muchas veces, privándose a ustedes mismos, comiendo menos o dejando de comer. Créeme mamita, a pesar de que soy distraído, puedo darme cuenta del actuar de las personas y usted mamá, habla y se expresa mejor que nosotros, dándonos demasiado amor y siendo una persona de bellos valores. Madre, tal vez algún día, gracias a una profesión, gane mucho más de lo que gana mi padre, pero eso no me hará mejor. Simplemente la parte económica será más llevadera. Todo lo realmente valioso ya lo tengo. Te amo, mamá.

Mi madre me abrazó y dijo: «Cámbiese de ropa. Hay porotos ¿quieres comer?».

—Sí mamá —le dije.

Me puse una camisa corta, un short y unos zapatos regalones. Comí y salí a jugar. Mi vecino había hecho con unos listones unos zancos. Mi amigo era de baja estatura y los zancos eran su fascinación; él tenía bastante equilibrio, pero nosotros, para no ser menos, perforamos dos tarros de leche vacíos, les pusimos pitillas y nos subíamos sobre ellos.

La vida de nosotros era escuela y jugarreta toda la tarde. Mis hermanos eran conocidos en toda la cuadra. Me invitaron a jugar al tombo, al caballito bronce y a la escondida cuando ya caía la noche. El caballito bronce era un juego muy entretenido, riesgoso. Se jugaba entre varios, era entretenido ver cómo los hermanos mayores tomaban mucho vuelo como para saltar y llegar hasta los traseros de las niñas más grandes, pues tenían las piernas firmes y se colocaban de las primeras.

Mi madre nos calentaba agua en una paila grande de cobre y llenaba dos baldes, uno con agua helada y otro caliente. Había un tercer recipiente en el cual mezclábamos ambas y la dejábamos caer con un jarro en nuestro cuerpo, sacándonos el exceso de polvo de las jugarretas. Debo reconocer que a veces me daba flojera bañarme, mojaba un calcetín y lo pasaba por mi cuerpo para sacar solamente la tierra visible.

Nuestro primer pozo para hacer caca estaba ubicado en el fondo del sitio. Éste se llenó y tuvieron que hacer otro que hicieron más cerca de la casa. Eso fue algo muy importante, pues a la distancia que estaba antes, apenas alcanzábamos a llegar y si era mucho te hacías en el camino. Eso lo viví una vez que tuve que viajar a Santiago y de vuelta me dieron unas ganas de excrementar que no me las aguantaba. No hablé durante todo el camino, la desesperación se apoderó de mí y corrí en dirección a mi baño llegando hasta el fondo del sitio; lloré de la pura alegría de haber logrado el objetivo. Quise abrir la puerta y estaba ocupado. «Hola ¿quién está en el baño? ¿Podría apurarse? Es que estoy...». Cruzaba las piernas desesperadamente, como si eso evitara... Me cagué entero y el aroma no era nada agradable. Que estuviera el baño al fondo de nuestro patio era un verdadero caos. Tal vez fue colocado ahí estratégicamente para que el aroma indeseado no llegara a nuestras narices. Lo que supe después me molestó bastante, cuando escuché a Geno hablando con Car:

—¿Sabes? Parece que se cagó, eso le pasa por cómodo. ¿Qué le costaba bajarse los pantalones y encuclillarse como cualquier hombre de campo?, el impacto hubiese sido menor. Lo que a mí me cargó, Car, fue que empujasen la puerta primero y luego dijesen con voz afligida y lastimosa: «¿Quién está en el baño?». Eso lo encontré lo último de mal educado. Tú sabes que yo soy un individuo relajado, que se toma su tiempo, que me gustan las cosas bien hechas y estudiadas, donde el arte y la ciencia se mezclan para hacer de cada cosa en la vida, algo bello y armonioso. En eso estaba yo, relajado, esperando que bajase la última materia fecal de mi intestino grueso, cuando empujan la puerta; yo creo que del puro susto terminé de cagar. Limpié mi poto rápidamente, ¡creí que estaban penando!, pero como ya te conté, supe que no era así al escuchar el sollozo de Tonono. Miré por un pequeño orificio en la madera y noté su aflicción; por un momento me conmoví y fui empático en su sentir, pero me dije: ¿puede algo o alguien romper el mágico momento de evacuar lo que necesita votar tu cuerpo?. La respuesta fue: no. Entonces me bajé el pantalón y traté de continuar lo que interrumpí abruptamente».

Al escuchar a escondidas el argumento de Geno, lo encontré interesante, digno de un abogado, pero no me convenció, pues tuve que *manguerearme* el trasero y las piernas. El nuevo baño era un verdadero progreso: un cuarto de madera con dos entradas, una para la *manguareada* y la otra para las deposiciones. El papel había que echarlo en un tarro para que el pozo no se llenase tan rápido.

La vida en el Pueblo Sin Nieve era bastante tranquila y la inocencia e ingenuidad no era sólo mía, creo. Un día en clase, un compañero se dirigió a mí preguntándome si sabía lo que era masturbarse y si lo había hecho. Le respondí que sí sabía y que también lo había hecho. Antes de alcanzar a decir que era lo más natural, una compañera que escuchó dijo que era un desubicado y degenerado. Siempre pensé que masturbarse era tocarse o sujetar el pene y siempre uno lo hacía para poder orinar.

Estábamos un día lunes haciendo la fila para entrar a clase y un compañero tenía su brazo vendado e inmovilizado. Me dijo: «Tonono ¿puedes sacar unas monedas que tengo en el bolsillo derecho para comprarme un chocolate?» Yo, el muy pavo, accedí e introduje mi mano para sacar las monedas. Apreté confiado y agarré un testículo, pues el bolsillo del pantalón estaba roto y mi compañero lo sabía. Se apretaba la guata y no paraba de reír. Para qué hablar de mí, estaba rojo de la vergüenza: «¡Tonto, tonto, qué ingenuo y pavo soy!».

Quererse y aceptarse como somos no es fácil. Siempre queremos tener la estampa que otro tiene sin hacérselo saber, yo, a mis doce años, tenía las piernas más blancas del curso y los pelos apenas se asomaban tímidamente. Por lo menos para darle un toque más varonil. A pesar de mis trancas siempre tuve niñas interesadas en mí, pero Paula era mi único desvelo. Siempre pensaba en ella, la soñaba, le escribía poesía y canciones que jamás le entregué, pues escribir y enamorarse demasiado, eran cosas de niñas.

Mi madre siempre me decía: «No hagas nada a otra niña, que no quieras que le hagan a tu hermana». Por lo mismo, lo único que soñaba era besar a Paula, lo demás, eso de hacer guagua, por nada del mundo.

Hola, soy Estefanía.

Futuro papá, eras bastante inocente en cuanto a lo sexual, se nota que no tenían acceso a esa información. Con respecto a tu compañero que te jugó la broma del pantalón, debiste haberle tirado el testículo hasta hacerlo llorar, rogándote que no se lo arrancaras. Qué se cree el degenerado. Me alegro de que tuvieran una hermana mujer. Pues así logran entender nuestra naturaleza. En nuestra generación, a causa de una infección masiva que partió en el año dos mil diecinueve, el contacto físico se prohibió para poder prolongar la vida. Tal vez por eso no seamos de piel, pero deseamos poder volver a lo natural, a lo sencillo. La falta de sexo fue sustituida por un ataúd corporal que te permite sentir todo el placer que se pueden producir dos personas, pero sin vivirlo. Hay personas que han muerto de ataques al corazón, por adulterar el circuito del cajón y producirse orgasmos extremos.

No logro entender dónde cambiaste, en qué momento te desviaste, cómo un niño, al cual se le dio protección y cariño, puede en su madurez abandonar a su hija. Papá, tú sabes que mi madre te amó demasiado, que éramos tu desvelo, tus reinas... tenías de nosotras amor, lograste solvencia financiera, no creo que de la nada te hayas vuelto mujeriego. Mi madre está convencida que te fuiste con otra, yo dudo que ésa sea la causal.

Esto cuenta Tonono:

EDAD COMPLICADA

Quisiera no contar intimidades, pero no sé qué pasará en el futuro, si tengo un hijo, no sé si se atreverá a preguntarme algo o yo, como progenitor, seré capaz de orientarlo. Pero siempre dicen que los padres se olvidan que fueron niños, adolescentes, sólo saben que son adultos.

Creo que mi edad es complicada. Tener trece años es sentirse grande siendo un niño. A veces quisiera ser como mi hermano mayor, él tiene diecinueve y dice tener su vida resuelta, según él es sexualmente activo. Él tiene la suerte de parecerse a un cantante famoso, las niñas siempre le buscan en casa.

Juacuncho dice que yo no tengo arrastre con las chicas, porque ellas huelen mi virginidad y miedo, agregando: «Sólo pasarán rabias contigo. Tienes que aprender de mí, asevera Juacuncho, tal vez no seas tan guapo como yo, pero algunas gracias tendrás».

Luego yo pensé esto de ser tantos hermanos, el mayor, claro está, cree sabérselas todas y dice tener el deber de corregirnos. Se creen como el vice padre o algo así. Nunca me voy a olvidar el coscorrón que me dio. Le dije que espera que sea grande, ahí vendrá el desquite.

Un día le saqué una carta de naipe a papá que se le quedó en la mesa (tenía la imagen de una mujer desnuda con los pechos descubiertos) y la guardé en mi bolsillo. La miré cuando estaba en el baño y comencé a tocarme mi pene. Jamás pensé lo que sucedería y el susto que pasé al ver cómo reacciona el cuerpo frente a algunos estímulos, me asusté mucho, pues nadie te cuenta. Ahí entiendes por primera vez lo que es masturbarse.

A veces jugábamos con una amiga a tirarnos agua con un balde, la polera que ella traía puesta, se adhería más al cuerpo cuando más la mojaba y se podía ver con la luz del sol su pezón al asomarse. Era la experiencia más cercana de una silueta desnuda y deseaba jugar con Paula a lo mismo, pero a ella le tiraría la piscina completa. Creo que en cierta forma, de a poco, comenzaba a despertar el erotismo en la imaginación.

Más de una vez un amigo decía: «Mira el trasero de esa chiquilla, está de miedo» y yo apartaba la vista considerando que era inapropiado, por la frase que dijo mamá: «No hagas lo que no te gustaría que le hiciesen a tu hermana».

Creo y siento que esa frase que utilizaba mi madre de no le hagas a otra..., me marcó por muchos años. En cierta forma era una frase castradora.

Nunca pensé que Paula me haría una invitación así: «Tonono ¿quieres ir a tomar té con mis papis?» Bueno Paula, de allá somos.

Soy Estefanía.

Tonono, padre mío, es difícil escuchar a un niño como tú, contar esas cosas, eres como el hermano menor que nunca tuve, pues mamá no se atrevió a tener otro hombre en su vida. Por lo menos jamás trajo uno a casa, decía que por miedo a que me lastimasen a mí con intención de propasarse. Por eso entrené duro en las artes de defensa personal y cambié mi apariencia de niña joven, vulnerable, a jovencita de temer. Por lo menos aleja a varios, pero también pienso que puede alejar al adecuado o, como tú decías a Paula, a un corazón de paloma.

Dicen que los muchachos de tu época, eran más inocentes, pero al parecer es sólo en teoría. Eso de tomar suficiente vuelo para llegar a la niña que estaba primero en la fila del caballito bronce, sólo para tocarle el trasero y usarlo como almohada, deja mucho que desear.

Los hombres han cambiado papá, las películas y la música han desvirtuado lo esencial, ahora nadie quiere apostar por el amor. Son todas frases de grueso calibre, con ritmo entretenido que te hacen olvidar lo que dicen sus letras desvirtuadas.

Mira éstas, por ejemplo: «El cuerpo está pensado para el placer morboso, ven nena, que contigo gozo. El amor es un disfraz de lobo, tú te acercas y te como. No te mientas a ti misma en buscar algo sincero, desgástate en un vaivén ligero... toma, toma que te doy, toma, toma que te doy. A veces me rio y pienso, perro que ladra no muerde, ¡estos que se creen que son muy dadivosos!

Espero que puedas leer esto en algún momento, eres como un hermano menor a veces, ahora podrías ser como mi amigo y eso de que hueles a virgen, de dónde lo sacaron, no me imagino el aroma a virgen., lo que sí sé es que cuando un joven es virgen, se pone nervioso cuando una mujer se le acerca demasiado. Por lo menos eso decía mi asistente virtual, a la cual ya no extraño.

Esto cuenta Tonono:

TECITO CON PAULA

Esto de que hueles a virgen, como dice Juacuncho, yo no lo creo, por qué tengo que desesperarme en perderla. ¿Estaré perdiéndome de algo muy importante? ¿Raspará la vagina? ¿Por qué el abuelo le llama la con diente? Yo sólo quiero jugar y hacer cosas ingeniosas. Esto de lo sexual, igual me lo pregunto, pero no me respondo, pues no sé la respuesta y olvido el tema.

Creo que el abuelo miente al decir que tiene diente, pero igual uno lo imagina. Soñé, si se puede llamar sueño a eso, que me perseguía una vagina y me mostraba sus dientes. Yo corría desesperado por miedo a que me fuese a comer semejante monstruo. Desperté transpirado y con ganas de hacer pipí.

Hoy la Paula quiere que vaya a su casa a la hora del té. Acudiré a la invitación gustoso, espero ser yo el único invitado. Ni piense que si está con Juan, yo compartiré con ella salivas de otro, eso jamás, quiero y merezco ser el primero, segundo plato, ni pensarlo.

Me bañé por primera vez con tanto cuidado, que deseaba que no hubiese ningún rastro de sudor en el cuerpo. Aunque algunas señoras dicen que es afrodisiaco, en los deportistas llama la atención, pues implica estar en forma y con una capacidad física sobre el promedio.

Le ocupé un poco de colonia a mi padre, ésa que le gusta tanto a mamá, por lo tanto, es garantía de éxito.

Llegué a casa a las dieciocho horas. En la puerta se asomaba Paula y venía más atrás una señora que, sin lugar a dudas, debía ser su madre. De cara eran muy parecidas, pero el cuerpo de la mujer no tenía las bellas curvas de la hija. Aunque aún se le marcaba la cintura, era imposible disimular el doble rollito abdominal que no podía contener la faja. La señora era muy amable, puso su brazo sobre mi hombro y dijo muy cordial: «Adelante niño, ésta es tu casa».

No quise contradecirle y pensé: «Con su casa yo no quiero nada, pero si me regala a su hija, sería el mayor tesoro donado a una buena causa».

Abrió la puerta principal de la casa un caballero que, por su aspecto, era mayor que mi futura suegra. Algo calvo y polera con indicios de grasa o aceite negro. «Hola niño ¿quieres una cerveza? —la señora lo corrigió con la mirada—. Mujer, si es sólo una broma. Te sirves leche, mocoso». Luego sonrió. Lo de mocoso no me gustó, pues mamá siempre decía: «No saben ni sonarse los mocos y quieren andar buscando polola». Seguí pensando:

Dicen que soy criado a la antigua. Dónde saludar, dar el asiento, agradecer, tratar de usted; estaba impregnado en nuestros genes y desear que la mujer que te gusta deba tratársele con amor y sin faltarles el respeto. Que de la forma a lo que se referían nuestros padres en el futuro, era imposible, porque de esa forma nacían los hijos. La historia de la cigüeña que trae los hijos por encargo la creí, hasta que un amigo en la escuela se rio de mí y me explicó diciendo: «Si tu cosa». «¿Qué cosa? —le repliqué. «Tu lombriz, hombre». «¿Qué lombriz?» Se enojó y dijo: «Con la que meas».

«De mear, ni hablar, ¿acaso la palabra no es orinar?» —repliqué. En ese momento, Marco, mi compañero, se enfureció y agregó: «Crees sabértelas todas. pero eres un ignorante, pues aún crees que las guaguas las trae la cigüeña y no es así, su majestad. La culebra entra en la *bocademono* y nacen las guaguas. Eres entero de pavo» —agregó.

En su momento eso me trajo algo de complicaciones, pues para salir de dudas acudí a mi hermano mayor.

—Oye Juacuncho, ¿qué es la *bocademono*?» —le pregunté.

Me miró con cara de sorpresa y, queriendo desviar la esencia del tema, respondió:

—¿Desde cuándo te interesa la anatomía animal?

—En realidad, por mi apreciación, creo que le llaman a una parte del cuerpo.

Me miró y apuntó su pelvis. Yo agregué:

—¿Acaso ahí no está la llamada lombriz, cuyo nombre real sería pene?

—Estás bien informado Tonono, pero me refería a esa zona, mas no a mi sexo, si no al de la mujer.

—Aaaaah, exclamé, entonces el pene entra en la vagina y nacen las guaguas.

—Eso es en pocas palabras —agregó Juacuncho—, la sumatoria de pene más vagina, es igual a guagua.

Luego de haber pensado todo esto, volví a la escena de hablar con mi suegro. Todo estaba bien hasta ese momento. Pero una rabia infinita se apoderó de mí cuando vi sentado en el sillón a mi compañero de curso, mi rival ¡JUAN!

Salí de la casa a pasos agigantados, Paula corrió tras de mí y tocó mi hombro.

—Qué te sucede Tonono, ¿acaso viste un fantasma?

—Los fantasmas no dan rabia. Por qué invitaste a tu otro pretendiente, ¿crees que no tengo corazón? ¿No te das cuenta de que me gustas... un poco?

Ahí mentí, ya que a esa altura me gustaba demasiado, pero en el área emocional siempre es bueno quitarle un poco. Eso había escuchado.

Paula dijo:

—Tonono, esto es un mal entendido, ven, acompáñame y empecemos de cero.

Eso fue gratificante para mí, pues significaba que yo le importaba más que ese Juan. En pocas palabras, yo tenía más arrastre.

Soy Estefanía.

Es fácil darse cuenta, en tu generación, pensaban que las guaguas las traían la cigüeña, era un tema tabú lo sexual y los apodos puestos a las partes genitales, eran bastante creativos. Llamarle a la vagina boca de mono, me dio hasta risa. La palabra pololo la tuve que buscar y relacionar a tu época, es un insecto que revolotea cerca de las plantas y cuando se acerca a una persona, cuesta sacarlo de encima. Por eso le llamaban pololear, pues se buscaban al gustarse y no se alejaban el uno del otro. Salieron varias expresiones de tu tiempo, otra que llamó mi interés fue «ya no arrastra la bolsa del pan», que en pocas palabras, cuando la niña alcanza cierta estatura, ya puede pololear, y lo de mocoso fue un poco más engorroso, no sé si tengo la respuesta correcta, pero asumo que si un niño tenía esa secreción en la nariz, la madre tenía que quitarla con esos pañuelos de tela que usaban, o sea, eres un niño inmaduro, en pocas palabras, no puedes pololear si tu mamá prácticamente suena tu nariz.

Padre, he vuelto a interesarme por algo, imagino, pienso, averiguo, veía casi imposible poder desconectarme de mi asistente virtual, era parte de mí. Toda la información estaba a la mano, la memoria ya no la usaba, con sólo preguntar estaba la respuesta, es bueno por un lado. Pero como dicen por ahí, todos los extremos… Hay que mantener el equilibrio. Ahora entiendo a los jóvenes herejes portadores de un libro real, sin más tecnología que la unión maravillosa de letras, que lo único que buscan es trasmitir una realidad, que mientras no se construya toda, permite al lector evocar, imaginar, crear. Sólo por ahora diré: Gracias papi.

Esto cuenta Tonono:

AHORA SÍ

Entramos, la gente se apartó rápidamente de la ventana en la cual estaban *copuchentiando*. Paula añadió: «Él es Tonono, mi amigo, que mintió diciéndome que se llamaba Juan y yo no quiero tener más Juanes en mi vida, sin ofender, con los que tengo basta y sobra. Rompiendo así la tradición de darle el mismo nombre del padre al hijo mayor».

El padre de Paula se llama Juan y su hermano mayor también. Sentí un alivio, mi compañero, el galán del curso, no era mi rival, ni el enamorado de Paula.

Nos sentamos a la mesa. Había tomate, margarina y palta. Lo que agradezco a Juacuncho, mi hermano mayor, es el que repitiera una y otra vez la frase: «Baja los codos de la mesa, es de mala educación». En realidad le hacía caso, pero apenas tenía la oportunidad, los subía; por quebrar las reglas, por sentirme más cómodo.

Ahora me ayudó bastante esa enseñanza para impactar positivamente en mis futuros suegros. Escuché con atención al padre de Paula, que contaba algunas de sus anécdotas que vivió como camionero al sur de Chile. Es entretenido escuchar a los padres contar tantas historias, que a veces pueden mezclar la fantasía con la realidad, pero muchas veces, lo que parece ficción, es la pura verdad y lo logras saber al consultar con otras personas, involucras directa o indirectamente con la historia.

Yo sólo reía. pero del sur no conozco nada. San Luis, mi lugar de origen, lo recuerdo sólo por los cite.

Y el Pueblo Sin Nieve es bello sólo por Paula. Mentira, es realmente bello. Terminamos la once y el padre de Paula pidió jugar naipes.

—Juan, tráigame el naipe español —dijo el padre a su hijo—. Sabes jugar Tonono, supongo.

No sé, pero miraré a Paula para aprender.

Ahí don Juan aceptó con un movimiento de cabeza y dijo:

—Jugaremos a la escoba.

Quedé perdido, pues recién había mandado a Juan a buscar el naipe y ahora probablemente le pediría traer escoba. Risa me causó y todos me miraron, pensando tal vez, a éste qué le pasa. Luego don Juan agregó:

—Real en mesa, si sale, es mío y recuerden hacer bien la escoba, y los reales en mano.

Quedé totalmente perdido, pero fue una once entretenida. Me despedí de la familia y Paula salió a dejarme a la puerta de la calle. Nos despedimos y justo cuando le daría un beso en su mejilla, un movimiento facial involuntario (eso creo), provocó el accidente que me desveló toda esa noche.

Mi labio rozó parte de su labio, fue algo extraño, diferente. La sensación que provoca en el cuerpo es increíble y bochornosa. Mi pantalón comenzó a elevarse y la zona donde está el cierre abultó.

Corrí rápidamente y dije a Paula: «nos vemos», coloqué mi mano en el bolsillo del pantalón y, mientras corría, acomodaba el bulto para que pasase piola. Paula, Paula, Paula, ¿serás tú mi salvadora? Pensé.

Nunca imaginé que la hora pasara tan rápido. Era tarde y la puerta de entrada a la casa estaba cerrada. No podía meter bulla a esa hora, pues mi padre estaba durmiendo. Traté de hacer callar a mis perros.

Abrí la ventana de marco de madera y de plástico transparente corcheteado. Lo más probable que pasaría mucho tiempo antes de colocarle vidrio nuevamente, ya era tercera vez que lo quebrábamos.

Todo iba a la perfección. Ninguno de mis movimientos rompería el silencio de aquella noche. Levanté mi pierna lo más alto posible. Logré apoyarla en la habitación y me afirmé del camarote. La hazaña más osada de mi vida había resultado un éxito. Por lo menos así lo creí. Estaba levantando la frazada, después de sacarme los zapatos y dispuesto a dormir con mi ropa de salida, cuando una voz exagerada convirtió el silencio en un verdadero desastre.

Mi hermano Geno exclamaba: «¡No se puede dormir tranquilo en esta casa!» Y para rematarla, agregó: «¿¡Acaso no entendemos lo que se nos dice!? A las casas decentes se llega a la hora». Y siguió durmiendo, mientras yo quedaba a solas con lo que se avecinaba.

Se sintieron los pasos acercándose a nuestro dormitorio y una sombra se asomó en el marco de la puerta, corrió la cortina. Quedé paralizado, *craneándome* en mi mente miles de excusas. Me tomó del hombro y abandonamos la habitación. Pasamos por la cocina, salimos al patio trasero, él cerró la puerta enérgicamente, que a mi parecer, despertó a toda la familia. Antes que él hablara y descargara su rabia por haberle desvelado. ¡Cualquier cosa me lo merecía! Él salía del hogar antes del alba y llegaba muy tarde al anochecer.

—Dónde andabas —preguntó con voz autoritaria.

—Fui a tomar once con una niña que me quita el sueño y olvidé la hora. No quería despertarle y entiendo su sacrificio, ¿puede usted perdonarme? —le dije.

Entendí que no, al verle sacar el cinturón de su pantalón. Lo levantó e instantáneamente me di vuelta, poniendo las manos en mi trasero y antes de sentir nada, dije: «Nunca más papito».

El golpe que esperaba nunca llegó, la correa se posó suavemente en mis manos y una voz paterna decía:

—Hijo, poco a poco irás creciendo. No aplaudiré lo que hoy has hecho al desvelarme, pero quiero que sepas que admiro la honestidad de tus palabras. Podrías haberme mentido para salir airoso, pero decidiste hablar con la verdad. Este cinturón es de mi bis abuelo y tiene muchas historias, consérvalo y herédalo a quien lo merezca. Ah, y no le cuentes a tus hermanos que te corregí suavemente. será nuestro secreto.

—Sí —afirmé con un movimiento de cabeza.

Soy Estefanía.

Cuando pusiste como título: Ahora sí, pensé que tendrías tu primer encuentro sexual, pero para mí no era lo adecuado, porque encuentro que eras muy pequeño. Ahora me siento como tu mamá.

Adrenalínico para ti tiene que haber sido lo del pantalón, mi tío Geno se desubicó, menos mal que mi abuelo reaccionó bien, creí por un momento que te mandaría un correazo por las nalgas.

Quisiera contarte muchas cosas, el mundo cambió en muy poco tiempo, la tecnología dio un salto como de una década, en dos años y fracción, el encierro que vivimos por la pandemia nos obligó a reinventarnos, tu compañía tomó medidas drásticas y por el técnico que bloqueó a mi asistente virtual, me enteré que despidieron a tu amigo Eduardo, al que dejaste a cargo de la empresa en tu ausencia. Asumió la dirección un tal Guillermo, lo raro que él jamás se ha presentado ante mamá. ¿Qué pasa ahí? Volví a hablar con tu trabajador para salir de la duda y le pregunté si él sabía quién era yo, me miró y respondió de forma sarcástica: «Si tú no sabes quién eres tú misma, entonces yo no sé quién soy yo». Me tomó de la mano el muy patudo y me llevó corriendo a tu oficina. No pudimos entrar por no tener clave de acceso, se agachó, luego se estiró en el suelo y me jaló para que hiciera lo mismo, destapó una caja de conexiones y dijo: «Ésta contiene un circuito de nodos *bluetooth*, haré un puente electrónico y se abrirá la puerta de la oficina de don Alberto. Por quince segundos ve, entra rápido que te sigo». Entré holgadamente y se cerró la puerta, me asusté por quedar encerrada y llamé al muchacho, técnico, amigo, ¿qué hago ahora sola en esta oficina? Él ya había entrado velozmente sin darme cuenta y dijo:

—Por favor, no me digas más técnico, prefiero amigo, aunque no lo seamos, pues niñas como tú no buscan nuestra amistad…

—¿Qué te crees? —le dije—, sin conocerme me estás juzgando. ¡No sabes nada de mí!

—Mírate —me dijo—, tienes un cabello precioso, pero desarreglado, te maquillas los ojos para demostrar falta de sueño o de mujer vivida. Pero debes dormir plácidamente. Tus manos están excelentemente cuidadas, jamás has regado una planta, ni has tomado un martillo. Esa cadena ancha no le queda a una mujer que ha nacido en cuna de oro y si usas esa apariencia para apartar a los hombres, créeme que a mí no me intimidas. Nací entre muchas mujeres, soy el hermano número seis. Mi padre estaba destinado a ser chancletero, como decían antiguamente, pero él buscaba el hijo hombre y ahí se quedó tranquilo.

Miré tu oficina detenidamente, por ningún lado tenías alguna foto que demostrase que tenías familia o que pololeases con alguien, como decían ustedes, sólo había un poster con un auto lujoso, una foto con tu equipo colaborador y un cuadro de una mujer con la espalda desnuda y la prolongación de ella tapada con un velo blanco acanalado, cabello largo y daba la impresión de querer mirarte al verle la espalda.

Ahora mi memoria comienza a relacionar, papá. Eduardo, al que le confiaste la compañía, debe ser tu amigo de infancia, puedo estar equivocada, pero ustedes, en una foto directiva, son los únicos dos que aparecen con una tabla rueda bordada en sus camisas.

Hablé nuevamente con el técnico y le pregunté irónicamente: «¿Podría el experto en imagen y sicología del maquillaje, decirme cuál es su nombre?» Me miró, sonrió levemente y dijo: «No quiero». Ahí me molesté, se estaba dando mucha importancia y agregué: «En realidad lo hacía de cortesía, como tú dijiste que niñas como yo no tenían amigos como tú, no quise decirte nuevamente amigo y técnico, suena para mí muy frio». Miró nuevamente, sonrió a medio labio y agregó: «Se nota que te molestas con facilidad, pero debes ser una persona cordial al querer tratarme de otra forma, pero para qué andamos con rodeos, tú no necesitas saber quién soy yo, pues sólo vienes a pedir favores e información. Pero si tanto te preocupa cómo llamarme, fácil, dime: **Mi amor**».

Se quería pasar de listo, y a mí los galanes exprés me caen pésimo, traté de no expresar nada para que no me analizase y le dije: «Ni en tus mejores sueños, gracias por lo que hiciste y si te he visto, no me acuerdo. Chao pelacables». Avancé rápidamente para no darle tiempo a decir nada.

Sé que hice mal en tratar a ese niño así, por su apariencia debo ser mayor que él por un año. Pareciera reír con sus ojos. Es atractivo, pero no se lo dije. Es hábil, pues entró a la oficina de papá sin darme cuenta. Es misterioso al no querer darme su nombre, tiene aire de perno evolucionado. Si llegase a gustarme en un futuro bien lejano, se lo mostraría a mamá, pues ella sabe cuál hombre califica como pastelazo. Me lo advirtió con uno y yo no le hice caso, me revelé contra ella, me equivoqué y pagué la desobediencia con lágrimas. Fue dificultoso reconocer que tenía toda la razón.

Esto cuenta Tonono:

NACE UNA POESÍA

Cuando te pasan estas cosas uno se revoluciona, te ríes solo y quieres que las horas pasen lo más rápido posible para verla nuevamente. La última vez que escribí algo con sentido para mí, fue en quinto básico, era una composición con respecto a las vacaciones de verano que nos pidieron en clases.

Ahora escribía desde el corazón, dándome cuenta de que las mariposas andaban revoloteando mucho antes de sentir levemente su labio.

Tomé lápiz y traté de expresar lo que en ese momento sentía y dice:

«Si mi corazón te pudiese hablar te diría que te ama. Hoy yo voy a ser el intérprete que te hará entender lo que calla.

Si en silencio quiero estar, él se dispone a gritar, porque se quiere ganar tu alma y yo quiero poseer ese cuerpo de mujer.

Él me dice espérate, primero debes amarla».

Dibujé un corazón con una flecha y un candado, donde decía PAULA LOVE. Sin darme cuenta, ya estaba profundamente enamorado, podía expresarlo, aunque fuese sólo para mí.

Creo que Paula es mi fascinación, la veo por todos lados a sabiendas que no es ella, le pienso más de lo normal y ando como en las nubes.

Quería hacerle un regalo, pero no tenía dinero. Pedirle a mi padre no era justo, pues había cosas más importantes que comprar, como la comida.

No tuve mejor idea que empeñar mi reloj en un negocio de las afueras del Pueblo Sin Nieve, no sé si me dieron lo justo, pero me alcanzaba para una rosa envuelta en celofán y una barra de chocolate, para una guinda de plata y un caramelo de los que refrescan la boca, para que no dudara en ningún momento en juntar sus labios a los míos... si ella quería.

Estaba de pie temprano, junté unos troncos e hice fuego, puse una paila gigante, en la cual calentábamos agua para bañarnos. Mi baño fue con mucho entusiasmo y cantaba canciones de Luis Miguel, aunque él era algo mayor que yo, entendía a la perfección estas cosas del corazón. También sabía algunas de Camilo Sesto y Julio Iglesias, aunque ellos nacieron dos décadas y media antes que yo.

Soy Estefanía.

Se nota que estabas enamorado de Paula en ese entonces. Qué pasó con ella, y mi madre, ¿en qué etapa de tu vida apareció? Por lo que yo sé, también le pintaste castillos de colores, le hablaste palabras bonitas e hiciste cosas que la enamoraron. Espero, padre, que seas honesto y no juegues con los sentimientos femeninos, porque ahí si sacas lo peor de mí y el poco cariño que te estabas ganando, lo boto a la basura. Según lo que cuentas, debes tener ahora menos de cincuenta años, que es la edad de Luis Miguel, el cantante. Con mucho respeto padre, ya estás pasadito y si no te tiñes el pelo, debes tener varias canas. No sé si era el momento de saber de tu existencia, las cosas en la actualidad van muy mal, el mundo ha dado un vuelco terrible y la gente mala está peor. Y si bien es cierto, la economía se ha estabilizado un poco, gracias a los emprendedores, mini empresarios que han hipotecado hasta su vida. Creo que no es justo para ellos, pues los grandes conglomerados se favorecen de las crisis, sean naturales o provocadas intencionalmente, para devorarse a los más pequeños, creándoles una sensación de confort falsa, pues no se dan cuenta, en el ajetreo de sus vidas, que son esclavos de los poderosos.

Esto cuenta Tonono:

DOMINGO FAMILIAR

Estaba a punto de salir a la calle pensando que nadie notaría mi ausencia; olvidando también por completo qué día era. Estaba desesperado por ver a Paula, lo cual me dejó con la actitud de un sonámbulo. Salí a la calle, mi madre dijo:

—A dónde se supone que va jovencito, tan buen mozo.

—Voy a la casa de mi abuelita a llevarle unos panecillos.

Mi madre captó la idea y siguió mi juego agregando:

—Pues sepa usted que si no se devuelve inmediatamente, el lobo de su padre saldrá a su encuentro y créame, otro gallo contará la historia.

Era cierto, nadie, por ningún motivo, podía romper la magia familiar que se formaba un domingo y enamorarse no era excusa, pues no estaba permitido, y si lo confesabas, te salían con la frase: «Aprenda a sonarse los mocos primero».

Estar todos juntos en la mesa, era algo que me gustaba mucho y además había mi comida preferida, que últimamente no la comíamos, pues la situación económica no lo permitía (pollo asado con puré). Las primeras palabras las emitía papá y no podía, por nada del mundo, ser interrumpido.

Ese día, mi hermano mayor había invitado a una muchacha a comer y fue él quien siguió la conversa y dijo en un tono medio serio, al cual no estábamos acostumbrados a escuchar: «Padres, ella es Camil, mi polola».

Mi padre sacó pecho, como diciendo, hijo de tigre. Pero lo de tigre le cambió a orangután cuando Juacuncho continuó diciendo: «Estamos enamorados y nos vamos a casar».

Mi padre se paró de la mesa, le dijo a mi madre de forma autoritaria: «Lleva a esa niña con sus padres y tú Juacuncho, ven inmediatamente a la pieza». Se armó Troya, pensé.

No sabíamos qué sucedía, perdí el apetito, algo raro en mi persona, pues siempre he sido bueno para hincarle el diente. El resto de los hermanos quedamos mirándonos y preguntándonos qué hay de malo en enamorarse.

Pensé entre mí: «Paula, créeme, hoy no podré ir a verte, tuve que repartir el chocolate, pues se terminaría derritiéndose con el calor y la Pilo no sabe ni comer, pues le quedaron todos los dedos y la boca manchada». Me quedaba el dulce, la guinda de plata y la rosa que puse en un vaso con agua para que no se marchitase antes de llegar a las manos de mi amada.

Soy Estefanía.

Lo del domingo familiar que ustedes tenían en el pasado, se ha perdido. Ahora, en estos tiempos, cada uno anda por su lado. El único encuentro familiar obligatorio es cuando muere alguien y luego nos lamentamos por los momentos que no vivimos, a la cena que no acudimos, a la invitación que rechazamos y renegamos diciendo cuando ese ser amado está vivo.

¿Acaso soy tu única hija?, ¿¡crees que no tengo cosas que hacer!? Creo que no entendemos que un día nos iremos o se irán de este mundo y no alcanzamos a decir te amo, lo siento, eres importante… Me he dado cuenta, por las vivencias de otros, que dejamos de hacer lo esencial por seguir la corriente de un río que nunca sabrá que existe el mar, pues siguió el camino que seca y no el que da vida.

Quisiera decirte, padre, que eres importante, pero mi corazón no ha sanado. Dicen que no es bueno guardar rencor, pero ahí está la necesidad de darle alivio, tal vez por eso decidí terminar de traspasar tu escrito, para ver si logro dilucidar tu vida y curar de alguna forma mis heridas.

Esto cuenta Tonono:

LAS MALETAS

Juacuncho a primera hora se despediría, pero nos pidió que nos juntásemos como hermanos e hiciéramos una obra teatral como regalo a mis padres, representando lo que nosotros veíamos de ellos.

Juacuncho representó a mi padre y la Pilo a mi madre. La Pilo hizo que lavaba en una artesa, que prendía fuego en el brasero, que lustraba el piso, que llevaba a los hijos en bicicleta.

Juacuncho tomó a Car en sus hombros y jugó con él. Los tomó de la mano y un pie y les realizó el avión, girando en círculos. Los que observábamos, rogábamos que no se fuesen a caer. Luego sacó una paleta de manjar que aún no se había comido y se la regaló a su hijo en la obra, ahí todos lloramos, pues papá se levantaba muy temprano y llegaba tarde, pero siempre nos mal acostumbró con una golosina. Siempre fue un padre cariñoso, chistoso, pero de imagen estricta y cuando él solicitaba algo, así tenía que ser. Ahí mis hermanos me pidieron que dijera lo que había escrito, aunque no tengo la voz adecuada para el canto, lo que escribí lo canté. Decía algo así:

«Papitos, ustedes saben que les queremos mucho y estamos agradecidos de vuestro esfuerzo, por lo tanto, esta canción es para ustedes.

Comenzamos a llegar uno a uno a este lugar donde nos vieron crecer, donde nos vieron jugar. Es la casa de papá, es la casa de mamá. Tanto esfuerzo que hay detrás de lavar, de cocinar. el brasero hay que encender y la artesa hay que llenar, y el padre madrugará para el sustento traer.

Se agradece mamá, se agradece papá, el amor a tus hijos, el amor a mis hijos.

Nunca podré olvidar ese pan que haces bien, amasado has de llamar, pues tus manos han de crear, esa masa que al leudar, al latón irá a parar, con fuego ha de crecer. En canasto has de guardar, para la hora del té. Margarina le pondremos o en aceite con sal lo untaremos.

Se agradece papá, se agradece mamá, el amor a tus hijos, el amor a mis hijos.

Si temprano has de salir, pues tu rumbo es trabajar, para darnos de comer y si alcanza el vestir. El cansancio se le ve, y las canas en usted, que de noble algo hay, creo que deben de ser, de no poder saber si las lucas andan bien pa' llegar a fin de mes.

Se agradece papá, se agradece mamá, el amor a tus hijos, el amor a mis hijos.»

Ahí terminé la canción y les aclaré que no tenía hijos, según yo para que no se asustasen, mi madre lloró y rio a la vez. «Tonono, dijo mi hermano Juacuncho, todos sabemos que eres virgen, se te nota a la legua».

Soy Estefanía.

Bonita canción papá, eran bastante observadores y agradecidos. Esto me deja mal, no entiendo, si sabías lo importante de ser familia, por qué no fortaleciste la nuestra y te marchaste sin dar aviso. Lo del avión y el columpio, igual lo hiciste conmigo. También te acostabas en la cama, ponías tus rodillas sobre tu pecho y apoyabas mi cuerpo en tus pies, levantándome y elevándome y cuando me sentía segura, soltabas mis manos y yo mantenía el equilibrio. Extraño eso papá, era feliz con pequeños gestos, con divertidas jugarretas, es increíble lo que sucede cuando escuchas otras historias y tu mente evoca tus propias vivencias sepultadas, por mi rabia, rencor. Cuando estuviste con nosotras te portaste bien. No nos podemos quejar, pero el abandono duele tanto, que enceguece el alma y vemos como en todo orden de cosas, sólo lo último, en conclusión, sólo lo malo.

Esto cuenta Tonono:

DESPEDIDA DE JUACUNCHO

Estaba más cariñoso que nunca, me abrazó tan fuerte, que casi me quiebra los huesos y dijo: «Si eres virgen, sigue igual. No te saltes ninguna etapa de tu vida. Hazte de amigos, disfruta. Nunca dejes de soñar». Creo que en ese momento se acercaba más a la imagen de un padre que a la de un hermano, una lágrima se deslizó por su ojo, luego otra se sumó a ésta y el sólo hecho de mirar su cara, su sentir se transmitía. Siempre han dicho que la risa se contagia. Creo, sin duda alguna, que la pena también emite el mismo efecto, pues lloré. Es increíble que puedas pelear o discutir con un hermano, pero si él ríe, lo más probable es que tu rías también, y si llora, compartirás su pena.

Se despidió uno por uno de los hermanos y abrazó a mamá. Le dio un abrazo de esos donde uno deja que tu propio ser se impregne del otro, donde el amor maternal es indiscutiblemente el más puro, efusivo y evidenciable. Es el amor que no teme mostrarse al entorno. Ahí se volvió caos, un concierto de lágrimas invadió el ambiente.

Mi padre, haciéndose el duro, le dijo: «Juacuncho, toma tus maletas y vamos». Un silencio fúnebre se apoderó del ambiente, mi mente comenzó a divagar en ideas y la primera fue pensar que papá lo echó de la casa. Razones, tal vez pueden haber muchas, las cuales, como niño, no pude entender.

Uno cree que la vida familiar es sólo alegría, pero comienzas a pasar por situaciones las cuales marcan profundamente. Muchas veces moldean tu persona y el molde no siempre es agradable para el entorno. Los días pasaban y logré entender cuánto quería a Juacuncho. Creo que es cierto que la distancia evidencia el amor oculto que puedas tener hacia un ser. Si bien es cierto, todos los hermanos nos queremos, pero ahora, al ausente lo queremos más. Siempre esperábamos ver esas maletas devueltas para poder jugar y abrazar al portador de ellas.

Los juegos infantiles continuaron, pero nos arrebataron una parte importante del equipo creativo. Juacuncho y Geno, los ingenieros infantiles, se llevaban súper bien; ambos tenían potencialidades parecidas, sus capacidades de crear, de descubrir, de analizar y disfrutar la vida juntos, fluía a mayor caudal. Se llevaban por muy pocos meses, no pasaba de un año la diferencia de edad.

Creo que ahí Geno se dio cuenta que yo existía y me hizo parte de su equipo creativo. La primera misión era enseñarme a andar en bicicleta. De esas bicicletas, las cuales llevan una parrilla atrás que sirve para llevar sentado a un copiloto que se haga parte de tu aventura, que te ayude a romper el viento, que te haga más entretenido el viaje y por supuesto, que te distraiga para darte un costalazo de esos que producen risas y llantos.

—Mira Tonono —decía Geno—, la práctica hace al maestro y sea lo que sea que quieras aprender, dedica tiempo, pero la gracia es aprender riendo, divirtiéndose, haciendo en la vida lo que más te gusta.

Era difícil compartir ese pensamiento, pues para mí, que soy más pequeño, no cuadra del todo y me pregunto yo mismo: «Cómo puedes saber lo que más te gusta si no lo has hecho, y si al hacerlo te desagrada o caes en actos no bien vistos para tu entorno, pues tu entorno no lo ha experimentado».

¿Cómo debe llevarse entonces la vida? Preguntas que jamás me había hecho, tal vez uno se contagia de los pensamientos de las personas que te rodean. El ingeniero Geno ahora estaba ocupando y separando, sin querer, la dupla obrera (Tonono y Car).

—Ya... Tonono, ésta es la técnica infalible para que tú aprendas a desplazarte en bicicleta, sabrás, por fin, lo que es poder experimentar velocidad, equilibrio, diversión extrema y podrás ganarle tiempo al tiempo, llegando a lugares apartados en un abrir y cerrar de ojos.

Era convincente ese discurso y podría ver a Paula más seguido. «Buena idea, pensé, hagámoslo primero que todo».

—Debes confiar en mí —agregó Geno—.

Lo primero que haremos, yo subiré en la parte de atrás de la bicicleta y usaré mis piernas como balanza para que puedas mantener el equilibrio. Te sentarás y pedalearás tratando de llevarme. Levantaré los pies cuando estemos en condiciones de movernos, pero sobre todo y lo más importante: no mires la rueda, sólo mantén el manubrio derecho y tu vista al frente.

Comencé a pedalear. Ya había avanzado como una cuadra, cuando se me ocurre preguntarle a Geno cómo lo estaba haciendo.

—Yapo Geno, dime, ¿aprendí rápido?

Geno no respondió mi pregunta. Le reiteré mi inquietud y como no tuve respuesta, volteé a mirar a Geno. Se bajó sin avisarme, perdí el equilibrio y caí. Me rasmillé la pierna izquierda, menos mal que no me golpee la cabeza. Lloré y me dio vergüenza que la gente me mirara, Geno corrió hasta donde yo estaba y rio hasta que llegó al lado mío y agregó:

—Para eso estamos los hermanos, para apoyarnos y ayudarnos. Si uno cae, el otro está ahí para pararlo.

Obvió que lo dijo en forma sarcástica.

Soy Estefanía.

Espero, padre, que no hayas tardado mucho en aprender a andar en bicicleta, he tratado de averiguar qué tipo de bici usaban y me imagino contigo en ella, creo que yo no me hubiese bajado, si nos vamos a caer, caemos juntos. Tu error fue voltear y sacar la vista del frente, pero como dicen por ahí, a porrazos se aprende.

Me hubiese gustado tener un hermano o hermana, mi madre podría haber tenido gemelos o mellizos, pero por un lado, mejor, pues se sumaría uno más al sufrimiento de no tenerte.

Esto cuenta Tonono:

QUÉ PASA

Quería tratar de entender qué sucedía. Si pudiera haber elegido no ir a la escuela lo hubiera hecho, pero tenía que existir una causa muy importante para que mis padres hubieran accedido a libertarme de tal obligación. Era periodo de exámenes, debo reconocer que no era del todo aplicado, si bien, estudiaba. Mis buenas calificaciones fueron gracias al arte de copiar, que es mal visto, pero se da en todo ámbito de la vida, todos copiamos de alguna manera. La moda, el experimento científico avanza gracias a la experiencia de otro. Los negocios, que se quejan de la famosa y odiada competencia y que los visionarios agradecen, pues sirve para evolucionar y reinventarse.

Mi compañero solicitaba la pregunta número tres y yo, a cambio, le pedía la numero cinco, y así, gracias a esa estrategia de compartir respuestas, los siete (que eran los que reemplazaban a las antiguas MB), se veían muy bonitos dibujados en la prueba con la letra del profesor y eran producto de orgullo y halagos de la familia.

Paula no fue a clases y no aguanté las ganas de saber cuál era el motivo de su ausencia, me acerqué a Juan, que estaba dibujando un robot volador, le alabé su dibujo. Luego le dejé caer la pregunta: «¿Y tu hermana? Mejor dicho, ¿qué le pasó a tu hermana?» El respondió de forma seria, más bien de mala forma. «Está resfriada. ¿Por qué tanto interés en ella? ¿Acaso te gusta?»

Le dije, para tranquilizarlo, que no, pues tenía claro que demostrar interés por una hermana, sea la mía o la de otro, no era nada de agradable para el afectado, pues en mi cultura machista, las hermanas de uno eran sagradas y era código de honor que tu mejor amigo no saliese con ella. A menos que la intención fuese para casarse a futuro.

Aun así agregué: «Si bien es cierto que tiene todos los atributos, sólo puedo mirarla como una muy buena amiga, ¿o acaso tú me aceptarías como cuñado?»

El respondió: «Para serte franco Tonono, a mi hermana no le quiero ningún buitre cerca». A lo cual yo pensé, ¿qué se cree éste comparándome con un buitre? Y agregué dándome algo de importancia: «Te aceptaría que fueses más equitativo y la semejanza fuese con un halcón o águila».

Él rio en tono burlesco y siguió diciendo: «Entre yo y mi padre le daríamos una salsa de patadas a cualquier pretendiente. En tu caso, no creo que Paula se fije en ti, eres flaco, debilucho y tienes pinta de perno». Me quedé callado y pensé que, total, a la Paula al parecer le agrado.

Cambiando la conversación, le pregunté para salir de dudas: «Si eres el hermano mayor, ¿por qué van en el mismo curso?» «Soy repitente —recalcó—, pero ése es mi problema, a ti no te incumbe».

Ese día corrí a casa, saludé a mamá, se notaba triste.

—¡Madre! ¿Qué pasó con Juacuncho? ¿Papi lo echó?

—No Tonono, en cierta forma tu padre no quiere que la historia se repita.

—¿Cuál historia? —pregunté.

—Tu padre, en su juventud, fue muy mujeriego, tu abuelo quiso darle educación universitaria, pero tu padre desertó por andar de falda en falda. Al conocerme a mí se tranquilizó un poco, pero ha tenido que trabajar mucho para poder sustentarnos. Sobre todo en estos tiempos que la situación del país, igual está mala. Por eso tu padre se llevó a tu hermano a la casa de tus abuelos en Providencia, para que comience sus estudios universitarios de ingeniería en minas.

—Mamá y ¿tiene que ser ingeniería en minas? Broma mami, por lo de minas (todos sabíamos que le llamabas minas a las mujeres de curvas voluptuosas).

Ese día hubiese querido que no llegase la noche. No sé por qué razón tenía que tener pesadillas. Un hombre de terno negro, de una corbata en forma de las humitas, me dejaba caer y la pesadilla era tan real, que caí de golpe en el colchón del camarote y grité fuertemente: «Suéltame Noluz en el nombre...» Y me senté de golpe en el colchón, desperté sudoroso, agitado, sin ganas de volver a cerrar los ojos.

Mi hermano Geno despertó por el grito y dijo: «Pensé que estabas durmiendo en el camarote de arriba, pues te sentí cuando te acostaste y luego de repente no estabas». Mi madre había acudido a la pieza para darme consuelo.

—Hijo, ¿qué te sucedió?

—No sé mamita, pero la pesadilla fue tan real, que no quiero dormirme nuevamente. ¿Recuerdas?, primero fue el perro policial atemorizándome en la reja, ahora fue con forma de hombre de mirada malvada. ¿Segura madre, que no vivimos en tierra de brujos?

—No lo creo hijo, ya me hubiese llegado algún rumor.

Nos fuimos a su pieza para dormir con ella y mi padre y así poder descansar las pocas horas que quedaban para que amaneciese, pues el cantar del gallo así lo anunciaba.

Muchas veces me he preguntado por qué tengo que soñar con seres malignos. Si bien es cierto que no hay nadie totalmente bueno, creo no tener maldad, entonces por qué soy asediado.

Soy Estefanía.

Qué difícil para todos ustedes, debe haber sido que separaran a un hijo, un hermano, que quería casarse joven, dejar sus estudios, para seguir el latido de su corazón y para mi abuelo el poder mantenerlos, viendo en la educación tradicional, la única salida a obtener mejores remuneraciones y por ende, una mejor calidad de vida para sus hijos. Y con respecto a ti, ¿qué pasa realmente?, ¿por qué tienes pesadillas reiteradas? ¿Qué representan el perro y ese hombre de traje, al cual llamaste Noluz? ¿A quién pediste ayuda para despertar de aquella pesadilla? ¡Pues supongo que era pesadilla! No quiero pensar, padre, que tienes algún tipo de trastorno de la realidad conocida, tantos años sin verte, para yo tener que cuidarte, ni lo sueñes, no estoy preparada para eso. En realidad no sé para qué estoy preparada, sólo sigo el curso de la vida.

Esto cuenta Tonono:

AMIGOS Y BESOS

Con Paula siempre nos juntábamos, estudiábamos y luego salíamos a caminar por la orilla del río. Ella es osada, al parecer, cuando convives con la naturaleza, el miedo no es un tema, más bien un aliado para aventurarse.

—Tonono, ¿quieres castañas? —Paula me ofreció.

Le dije que sí, sin saber qué eran y cómo las obtendríamos.

—Sígueme —dijo Paula.

—Hasta el fin del mundo si fuese necesario —dije queriendo hacerme el galán.

—Eres algo cursi.

Aseveró Paula y corrió sin preocuparse que vestía falda mini, zapatillas de lona de cordones blancos bañados con el polvo del maicillo que tiene el camino.

Para mí era todo normal, hasta que a Paula se le ocurrió cruzar un tubo metálico que atravesaba el río. No medía más de sesenta centímetros de ancho, pero si resbalabas de él y caías al agua, era llamar a la muerte... y yo sólo quiero vivir.

«Ven», me gritaba del otro lado Paula y yo, sin medir consecuencias, di el primer paso, luego el segundo, era como la cuerda floja. Estaba en la mitad del tubo y debo reconocer para mí, que en ese momento se me aconcharon los meaos, como se dice vulgarmente, pues cuicamente no es gracioso decir: «Disculpa, hombre, la orina se comprimió». Paula logró abstraerme de mis pensamientos cuando gritó: «Tonono, mi amor».

Esa palabra es mágica cuando sientes tú lo mismo hacia otra persona, creo que era la adrenalina que necesitaba para demostrarle a Paula que soy un digno macho alfa, que correría hasta llegar a ella sin titubeo.

Reanudó su grito: «Tonono, mi amor, no mires hacia abajo».

No sé por qué cuando alguien te pide que no hagas algo, uno, consciente o inconscientemente, lo hace. Acá en Chile, es común ver en los baños de hombres frases de grueso calibre como por ejemplo: «P_ _O pa'l que lee» y da rabia cuando caes, porque uno va leyendo lo que pilla por ahí. (Teniendo en cuenta que es una ofensa en este país, pues se refiere al órgano masculino, pene).

Hice lo que no tenía que hacer y miré. La altura era como de siete metros hasta llegar a la superficie del agua, pero para mí, en ese momento, era como estar en la torre Entel de Santiago de Chile. Comencé a tener mareos, tenía la sensación de que el tubo se desplazaba a ciento veinte kilómetros por hora. Lo valiente se acabó y me agaché, luego me acosté abrazándome del tubo sin poder frenar su velocidad.

—Tonono, cierra los ojos, voy a buscarte —dijo Paula.

Sentí la parte posterior de sus pantorrillas en el pelo de mi cabeza. Habló con una voz tierna, suave, la cual me dijo: «Apóyate en mí y sube despacio. No abras los ojos, por un instante serás ciego».

Respeté la orden al pie de la letra, aún estaba mareado, me afirmé levemente de sus piernas, pero al encuclillarme, mi cabeza quedó en sus glúteos y uno de mis pómulos se apoyó en la parte de piel que no cubría su calzón. La minifalda me quedó como gorro de visera. Abrí los ojos, olvidando que debía ser ciego, y contemplé un calzón juvenil de color blanco, con estrellitas de colores cubriendo una nalga redondita.

Paula dio un leve sobresalto y agregó: «Espero que esto sea un accidente y que por ningún motivo hayas abiertos los ojos, pues te juro que si fue así, yo misma te tiro tubo abajo. Dime Tonono, ¿fue un accidente? No abriste los ojos, ¿cierto?»

Le tuve que decir lo que ella quería escuchar, «por supuesto que no», mentí, para no caer.

Paula exclamó: «¡No estaba equivocada, eres un buen chico! Por lo tanto, sigue manteniendo tus ojos cerrados y saca tu cara de mis cachetes.

Salí de debajo de su minifalda y subí despacio, afirmándome de su cintura con una mano. Era increíble para mí tener ese tipo de contacto físico. Cuando estuve totalmente erguido, Paula pidió que abriese los ojos pero que no volviese a mirar el río. Logré enfocarme en los árboles que había al final del tubo, pero luego mi vista recorrió sus piernas. Son levemente bronceadas, luego me detuve en su trasero y sus caderas prominentes, mi recorrido visual fue interrumpido por la voz de Paula que dijo: «Me imagino que estás mirando los árboles que están al final del tubo». A lo cual respondí que por supuesto que sí, que tienen una bella cadera... «Los árboles no tienen cadera», replicó. Coloqué mi otra mano en su cintura y caminamos despacio hasta llegar a la orilla. Al llegar, la abracé y me tragué las ganas de vomitar, pero no pude, pues me dio asco y mi vómito saltó en su ropa. «Pero Tonono, exclamó, podrías haber apuntado para otro lado».

Caminamos un poco, por un lado teníamos un río y al otro un canal de regadío. Ella dijo: «Perdón Tonono, pero el olor a vómito no es nada agradable y su aspecto, ni hablar». Se acercó al canal y decidió lavar su ropa. «Oye Tonono, vigila que nadie venga y por favor, no mires». Se sacó las zapatillas, luego metió su mano en sus espaldas y con algunos movimientos se despejó del sostén. El polerón no sé cuándo ya no estaba puesto, pues tenía que hacer vigilancia. Quedé boquiabierto cuando vi su polera sobre las zapatillas y la busqué con la mirada, estaba lavando el polerón con su espalda desnuda y unos pechos al aire se lograban ver. El sostén lo tenía colgado en una zarzamora. No quise seguir mirando para no ser sorprendido.

Paula se acercó y abrazó mi espalda. «Gracias Tonono, por no mirar. Ya puedes voltearte». Tenía la minifalda húmeda, pero no caía una gota de agua, por lo cual deduje que se la sacó, la lavó y la estrujó. (La que me perdí, pensé). Traía su polerón puesto y yo creo que le dio el mismo proceso que a su mini falda.

Llegamos a un bosque de castaños, el piso estaba alfombrado de este fruto, que es de color café y su caparazón es como un puercoespín de color amarillo. Paula me enseñó a conocer los que tenían fruto.

Ella se sacó su polerón con gorro y lo convirtió en algo así como un saco y lo llenamos de castañas. Paula quedó con una polera blanca ceñida al cuerpo. Si bien no era de pechos grandes, como andaba sin sostén, se veía como dos montañas pequeñas y de vez en cuando se dejaban asomar sus pezones marcaditos en su ajustada polera.

Nos tomamos de las manos y jugábamos como niños chicos. Ella me piñizcaba y hacía cosquillas, las cuales no soportaba, pues soy hiper cosquilloso. Le tomé sus dos manos y las apreté fuerte para repeler su ataque, puse mi pierna derecha detrás de su pantorrilla y con el forcejeo nos fuimos al piso. Nunca había podido contemplar esos ojos a plena luz… hermosos ojos almendrados de color café claro. Besé su mentón y puse mi nariz a un costado de la de ella y la besé. De esos besos que van de menos a más y de más a menos. Comenzaba a oscurecer y era hora de volver. Le pregunté a Paula por qué no usaba sostén, y era como echarle un balde de agua fría. Se acordó que lo dejó colgado en la mata, tomó mi mano y salimos corriendo al rescate de tan preciada prenda de vestir, menos mal que aún estaban ahí, donde ella lavó su ropa y se lo colocó disimuladamente y con recato.

Para mí, el sólo hecho de pensar en pasar nuevamente por el tubo, sentía escalofríos. Cuando comenzamos a caminar en dirección opuesta a la cual llegamos, le dije: «Paula, nos vamos a perder y tendremos que pasar la noche juntos».

Paula dijo: «Humm..., cómo te gustaría, pero para tu pesar, este lugar tiene dos entradas o como quieras llamarle, llegamos por la difícil y nos vamos por la fácil».

Salimos a una avenida que conectaba con el camino que daba a casa, quería matarla por hacerme cruzar ese tubo innecesariamente.

Soy Estefanía.

Hay algo en el orden de las hojas, que no me cuadra. A veces mi padre cuenta cosas que parecen de niños, otras de adolescente.

Hasta lo que he logrado armar, en ningún momento menciona a mi madre o cuenta de nuestra existencia. Debo reconocer que, aunque soy mala para la lectura, me ha gustado enterarme de lo que hacía mi padre, porque generalmente a ellos se les olvida que fueron niños y jóvenes. Recalcando que a nuestra edad, ellos no hicieron esto u esto otro, ¡poco menos que fueron santos!

A veces creo que puede tener algún grado de dificultad con sus recuerdos, en más de una ocasión he roto las hojas que vuelve a escribir exactamente igual. Ahora venía la página donde el título decía: Ya cumplí dieciocho. Pero prefiero saltármela hasta otra ocasión y darle el orden que yo crea correcto.

A veces siento ganas de pegarle a Paula por estar con mi padre, como si fuese la amante de él y mi madre la engañada, pero sé que es su amor de niñez.

Lo que tengo claro hasta el momento, es que mi padre actualmente debe tener entre cuarenta y cuarenta y siete años, pues él da a entender que es menor que ese cantante llamado Luis Miguel.

Ahora dejo de hablar yo y doy paso a lo que siguió escribiendo mi padre.

Esto cuenta Tonono:

CIMARRA EN EL RÍO

Mi madre hace algunos años que trabaja. Mi padre tuvo que tragarse su machismo, con tantos hijos que crecen rápido, las lucas escasean.

Ese día, Paula y yo no asistimos a clases, fuimos a las quebradas que conducen al río. Competimos quién llegaba primero al camino que bordea el agua, Paula me advirtió que el camino que yo tomé no tenía salida.

—Lo dices porque no quieres que te gane.

Me lancé por el camino, agarré velocidad sin poder frenar, el camino no tenía salida. La decisión inmediata era caer al medio de la zarzamora o saltarla. Pues tenía un ancho de dos a cinco metros y, mirada desde abajo, su altura era de dos metros.

Créanme, la salté, pero mi pierna se ganó un esguince con el golpe que me di al caer de tamaña altura, súmale velocidad. Grité del dolor.

Paula le pidió ayuda a un lugareño que pasaba con su carreta y me llevó a una posta que es como un policlínico. Estuvimos esperando que me atendieran. Pasaron varias horas, me llamaron, la voz salió de un cuadrado cubierto con una tela, me atendió un joven que, haciéndose el chistoso, dijo: «Qué mala pata, espero que no se le quede la patita atrás y esta niña tan hermosa que le acompaña, ¿es su hermana?» Quizás como lo miré, pues no me siguió hablando, agregó más serio: «Te enviaremos a rayos». Ahí me asusté, los vientos, los truenos, intimidan y ni hablar de los rayos, peor aún, imaginé. Me senté en una silla con ruedas, pasé por un pasillo largo, en cuyo costado había miles de puertas, de las cuales se oían quejidos, en otros llantos y en algunas risas. Llegamos a una sala oscura.

—Hola Pepe, aquí te traigo pega, este jovencito tiene hematomas en su pie derecho, a la altura del tobillo. Puedes comenzar tu tortura, es todo tuyo.

Pepe tomó la silla y me metió a la sala.

—La señorita que le acompaña, por favor quédese afuera. Te ayudaré a sentarte en esta camilla —dijo el joven y bajó una pieza mecánica que colocó en mi pie—. Puedes salir, te avisaré en un instante.

Salió Pepe y agregó:

—Luis, el camillero, vendrá y te llevará de vuelta, ya está tu diagnóstico, tú tienes un... Ahí no escuché, al parecer, del todo bien, pues una voz que salía de la caja que hablaba, decía:

—Doctor Salvador Enrique, diríjase a pabellón.

Ahí reanudé la conversación con Pepe y le dije:

—Tengo trece años.

A lo que el replicó:

—No pregunté tu edad, sólo dije que tienes un esguince, no si tienes quince y rio.

Mi pie quedó enyesado, luego volvimos a casa. Paula, con el lugareño, me hicieron una muleta. El lugareño nos contó que él acostumbraba recorrer esa zona donde yo me había caído y aseveró que un kilómetro y medio más allá, había unas sorprendentes cuevas de loros, que eran adiestrados por brujos para atrapar a los Pichitumbao. Continuó diciendo que estos son seres que salen a la superficie para capturar a muchachos que conserven su virginidad para dárselo de ofrenda al poderoso Noluz, con lo cual, éste les concede algo más de vida y evitan su tormento eterno.

Ahí yo no quise interrumpirle, por miedo. Nadie debía saber que Noluz acechaba mis sueños y los convertía en pesadilla.

Continuó diciendo el lugareño que ningún muchacho desaparecido ha vuelto y los Pichitumbao que han sido atrapados por los loros, van directo a las ollas de los brujos que hacen pócimas y que sirven de ingredientes para el famoso cigarro wezañma, que hace que la gente saque lo peor de sí. El lugareño se despidió de Paula y me miró a mí diciendo: «Supongo que sabes quién eres y de dónde vienes». «Claro, le dije, soy Tonono y vengo de San Luis, de Santiago de Chile» y sonreí.

«Adiós Tonono, espero que vuelvas», lo vi caminando, desapareció en mi presencia. «¿Viste Pa... Pa... Paula? Desapareció sin abrir la puerta de la calle».

Paula dijo: «Tienes mucha imaginación Tonono, a mí no me asustarás con facilidad. Tienes que recostarte un poco para descansar tu pierna».

La invité a que nos tendiéramos en un colchón viejo que teníamos en el patio, con el cual jugábamos a las volteretas con mis hermanos. Paula acomodó mi pie y le dio altura para mejorar la circulación de la sangre. Nos olvidamos de los consejos de los papás cuando nos decían: «Mantengan distancia, el roce de los cuerpos produce chispas y las chispas fuego. El fuego se apaga con agua y nooooo con guagua... Cuidado con los besos apasionados. No le hagas a tu polola lo que no quieras que le hagan a tu hermana».

La temperatura aumentó en mi cuerpo y en el de ella se notaba un poco, pues la luz de día nos abandonaba y la noche se hacía cómplice nuestra.

Debo reconocer que no sabía a lo que iba, pues era todo desconocido para mí. Bajé disimuladamente el cierre de mi pantalón, ya soy grande y necesito dejar de ser... Sin saber lo que sucedía, vimos pasar una sombra veloz a pocos metros de nosotros y una piedra le perseguía, creo que lográndole alcanzar. Un garabato se escuchó insultándole.

Mi reacción fue subirme rápidamente el cierre del pantalón, para mi desgracia, me agarré el cuerito del pene. No grité, pero supe lo que eran las lágrimas en silencio. Lo peor venía ahora, tratar de liberarlo, lo hice de una, jalé hacia abajo fuertemente y lo logré.

La sombra se nos adelantó, entró primero a casa y nosotros le seguimos tratando de pasar desapercibidos. Su rostro, el de mamá, reflejaba molestia, preocupación, rabia, miedo y algo de inquietud.

—Hijo —dijo mi madre—, qué le pasó a tu pie. Antes de irme al trabajo tú estabas bien. ¿Algún compañero te golpeó la pierna jugando a la pelota?

Nos miramos con Paula, era la mentira ideal, pero a mi madre no me gustaba mentirle, pues no sé cómo, pero ellas saben cuándo caemos en esa falta.

No le mentí y le dije:

—Mami, no fuimos al colegio con Paula y nos arrancamos a la parte baja del río, al caer, por tener que saltar la zarzamora, el pie no resistió el golpe. Un lugareño nos trajo, pero Paula no me creyó cuando le dije que despareció en mi presencia. Nos contó una historia de loros, brujos, pichitumbaos, de un tal Noluz y de un cigarro de un nombre que yo jamás había escuchado, pues mi papá sólo fuma Derby. Se llamaba wezañma... Pe, pe, pero eso no es todo, estábamos descansando con Paula en el colchón viejo que tenemos en el patio, para poder darle circulación a mi pierna.

No le conté todo, pues omitir no es mentir. Seguí la narración:

—Estábamos tranquilos y una sombra pequeña nos asustó, pensamos que una piedra lo había derribado. No fue así, estoy casi seguro verlo entrar en casa.

Esto cuenta Tonono:

LA SOMBRA

Mi madre quedó desconcertada al saber que yo le vi entrar en casa y dijo: «Yo tiré la piedra, pues pensé que podía ser un perro salvaje de los que se comen nuestros conejos. Pero es imposible que entre en casa, porque tenemos algo que les asusta, que es una botella con orina y clavos oxidados».

—Mami —preguntó Tonono—, ¿de casualidad no era una botella de vidrio que había a orillas del brasero sin uso?, pues si era esa, yo la boté porque pensé que algunos de mis hermanos no había encontrado la pélela (Chata) y había orinado en ella.

—Sí, era esa —exclamó mi mamá asustada—. Hijo es tarde para que Paula esté en casa. Llévala con sus padres.

Después de entregar a Paula con sus padres, llegué a casa.

Comí un pan con miel y me fui a la cama. Dormí profundamente. Algo me despertó a media noche, miré a los pies de mi cama y vi una sombra pequeña negra, cuya silueta estaba fuertemente marcada e iluminada. Quise darle una explicación lógica a la visión, pensé en prender la Luz, pero tenía que pasar por un costado de esa figura y no me atreví. Pensé que tal vez fuera una broma de mal gusto, podía ser el perro salvaje que nombró mamá, por ningún motivo quería creer que fuese un pichitumbao, pues yo sabía que era virgen y no quería ser ofrenda para ese tal Noluz. Sentí miedo, no fui capaz de hablarle, me acosté y me tapé hasta mi cara. Quería despertar para saber que era un sueño, pero no se dio, era real. Esa sombra estuvo a los pies de nuestro camarote. Al destapar mi cara de la frazada, esa figura ya no estaba, la luz del sol golpeaba fuerte.

Unos amigos de mis hermanos nos invitaron a acampar. Partimos ese sábado y nos dirigimos hacia el cajón del Maipo, por la parte interna de donde vivíamos, bordeamos el río y llegamos a la famosa cueva de los loros que Geno y sus amigos ya conocían. «Subamos —dijo mi hermano— para que la veamos y a ver si queda algún loro a esta hora».

Mi hermano vio que yo estaba inmóvil.

—Qué te sucede Tonono, ¿se te aconcharon los meaos o escuchaste de casualidad la leyenda de los Pichitumbao y los jóvenes vírgenes?En ese momento Geno logró llamar mi atención y recuperé la movilidad.

—Tonono, Tonono, Tonono —agregó mi hermano—, hermanito, todos nosotros hemos sido vírgenes hasta llegar nuestro momento de no serlo con el *descartuchamiento* y nos lavan el cerebro con historias que nos asustan. No existen tales seres y si fuera por los vírgenes desaparecidos, años atrás a mí y a Juacuncho, nos hubieran llevado.

—Puedes tener razón Geno, pero ustedes antes no vivían en este pueblo.

A lo cual él rebatió:

—Tonono, si esos Pichitumbaos quisieran atrapar hombres vírgenes, no se limitarían a un sólo lugar y se escucharía hablar de ellos en cualquier parte de Chile o del mundo, *no seay paoooo*.

Debo reconocer que logró tranquilizarme, subimos y saltamos de susto cuando un loro de color verde musgo y pico naranjo negruzco, voló repentinamente escapando del lugar al sentir nuestra presencia. Geno rio un buen rato y agregó: «Tú Tonono, ¿crees que un ave tan cobarde sería capaz de atrapar un Pichitumbao, teniendo en cuenta que esos seres, si existiesen, serían considerados horribles al lado de nosotros?»

Seguimos caminando, salimos al lugar llamado la Obra, caminamos bastante y fuimos dejando localidades atrás. Si nos cansábamos de caminar, hacíamos dedo para que alguien nos llevase. Pasamos las Vertientes, el Canelo y decidimos acampar en el Manzano.

—¿Tienen hambre? —preguntó uno de los amigos de mi hermano—, junten algunas ramas secas, haremos fuego y cocinaremos tallarines.

Abrió su bolso y sacó un tarro de los grandes, que contienen leche en polvo, éste tenía una manilla de alambre y otro tarro vacío de café.

—Mira Tonono —exclamó—, al tarro chico le he puesto té en hojas, llenarás el tarro grande con agua hasta el tope y del mismo tarro grande, vaciarás un poco de agua al más pequeño, ten cuidado con resbalarte en las piedras al sacar agua. Recuerda que a esta hora debe estar heladísima.

Esa noche fue inolvidable, pues conversas, ríes y cada uno presenta su mejor faceta. La de Geno era contar chistes, la del amigo contar historias, me miraron todos, «y tú Tonono, algo harás para entretenernos». Yo dije que me gusta escribir canciones, ahí le puse un poco, porque hasta el momento tenía sólo dos.

—Cántala entonces —agregaron.

—Pero soy desafinado.

—No importa —dijeron todos juntos—, queremos escuchar la letra.

—Dice así —respiré profundamente y comencé nerviosamente—. Él tiene cinco años y le justa jugar. Él va en *kindergarden* y le gusta pelear. Él sueña con consolas que no puede comprar y al ritmo de la música él se pone a bailar. Y al llegar mami Ana, Carolina y papá, le irán gritando en coro: hache caquita Carlitos, lava las manos, potito.

Deja los dientes blanquitos y queda todo bonito. Al llegar la mañana cuesta un mundo levantar, bajarse de la cama y la leche tomar e irá corriendo a clases, atrasado ha de llegar y la tía y los niños juntos, han de cantar… Hache caquita Carlitos, lava las manos, potito. Deja los dientes blanquitos y queda todo bonito. Está sentado en clases y se pone a dibujar una historieta corta que le suele cautivar, es hora de recreo, la campana ha dado aviso. Salta, corre, chutea, eso Carlos ya lo hizo. La tía lo sorprende con los zapatos rasgados, el puño todo sucio y el botón desabrochado. Agregando al muchacho una simple oración: Si haces las tareas y te estudias la lección, si sacas buenas notas y te aprendes la canción, pide permiso a papis y te dejarán jugar, muy cerca o en tu casa, la diversión va a estar… Hache caquita Carlitos, lava las manos, potito. Deja los dientes blanquitos y queda todo bonito.

—Cantas terrible de mal, pero la letra nos gustó.

Ahí todos nos mandamos un sorbo de té, brindamos y agregué: «Es el té más exquisito que había tomado. ¿Cómo le llaman ustedes a esta infusión?» Todos agregaron a voz alzada: «Tecito de campo». Un amigo de Geno dijo: «Estás en lo cierto Tonono, indudablemente éste es el té más aromático, más sabroso y que te reconforta. Todos piensan que puede ser el tarro en el que lo tomamos, otros creen que es la leña que hierve el agua, cuyo aroma que desprende al ser quemada, se mezcla con el hervor de ésta y se deposita junto al té. Para serte sincero, yo sé el secreto y es el agua». Todos le miramos sorprendidos ante tan sabias palabras y continuó diciendo: «Claro que es el agua, o no ven acaso que se desliza pura y cristalina, arrasando hierbas aromáticas, minerales, pero lo más importante: el meao (orina) y el cagao (excremento) de los que están más arriba acampando, igual que nosotros». Geno agregó riendo «O de Carlitos, el de tu canción». Escupí el té que me quedaba en la boca de puro escrupuloso, ahí les di más razón para que siguieran riendo.

El domingo temprano, salimos rumbo al cajón del Maipo. Llegamos al puente colgante el Toyo, pero lo que me sorprendió fue la huella marcada a la orilla del camino. El amigo de Geno vio mi asombro y dijo: «Es la pata del diablo». «Seguro, le dije yo, ¿acaso crees que el diablo es tan grande y pesado para dejar una huella en la roca de un alto de dos metros y medio? Además, si tuviese ese tamaño de pies, su altura no podría ser menor de doce metros».

Marcos, el amigo de Geno, recalcó:

—Todo es posible si buscas en el libro sagrado. Te darás cuenta que en la tierra habitaron gigantes.

—Aun así —dije yo—, no tiene lógica.

—Debes saber que el cola de flecha estaba furioso por no haber poseído a la muchacha más hermosa del convento —ó—, hija del alcalde de este lugar, pues cuando estuvo a punto de lograr su fechoría, lo sorprendió una religiosa muy creyente que clamó a Dios y éste tuvo que escapar y su forma de arriero seductor se desvaneció, dando lugar a su verdadero aspecto, que ya no era bello como el que tenía en el cielo antes de ser expulsado, y pisó la roca, su pata se hundió en ella, volvió a su forma humana para no desmoronar donde tuviese que ir pasando.

Debo reconocer que los pelos de mis brazos se pusieron de punta y la altura de la huella casi me doblaba. Acerqué mi oreja a esa roca y escuché gritos de dolor. Salí corriendo de ahí y Marcos acercó su oreja para hacer lo mismo y no escuchó nada. Me llamó para preguntarme qué había escuchado y por qué había corrido.

Sentí miedo, le conté que escuché voces quejándose y corrí. Marco rio.

—Ya Tonono, vamos donde están preparando comida los demás. Hay tallarines de ayer, dijeron, pero además hay huevo duro.

Comí, luego me recosté en el saco de dormir y traté de relajarme para poder soportar el dolor de cabeza que era parte de mi vida desde pequeño. Los doctores nunca han encontrado la causa y dicen que tengo un umbral de soportar el dolor, admirable, pues otra persona en mi lugar, estaría revolcándose. En lo personal yo creo que lo hacen para que me sienta algo así como un súper héroe. Volvimos todos a casa al oscurecer y llegamos pasada la media noche.

Geno puso la tetera y nos tomamos un té caliente con pan untado en aceite y sal. A primera hora del día siguiente, antes de ir a clases, le pregunté a mamá cuál era el libro sagrado. Me miró con asombro y contestó con su mirada, que descendía junto al libro que estaba abierto a un costado de su cama. Cerré el libro para ver su portada y decía: Biblia. Fui a clase, teníamos ese día la asignatura de religión. La profesora nos preguntó si creíamos en Dios y agregó tarea para mañana. Resultaba que la profesora nos hacía todas las asignaturas y no importaba qué religión nos tocase los jueves, había que cumplir y yo no sabía qué hacer. Al llegar a casa le pregunté a mamá cómo podía responder a la pregunta que nos hizo la profe. «Responda con la verdad», dijo mi madre y comencé mi redacción.

Nombre: Tonono.

Curso: séptimo.

Profesora jefe: Marcia Mercedes Morales.

¿Creo en Dios?

Debo reconocer que es una pregunta difícil, que no sabía cómo responder sin faltar a la verdad. Desde que llegué al Pueblo Sin Nieve, a la edad de cuatro años, he vivido muchas cosas, de las cuales no quiero recordar. Por eso hago que las olvido y trato de no mentir, pues tarde o temprano saldré pillado. Cuento cosas que sean mentira para ser más entretenido, pues mi verdad parecería mentira y me tacharían de loco. Desde que llegamos a este pueblo, no he podido responderme por qué sueño con la maldad, si en sí yo no soy maldadoso. Quiero jugar tranquilo, pero una sombra me persigue en casa, como un viento oscuro. Evito escuchar historias tenebrosas en la radio y corto el teléfono si alguien llama y quiere, con su voz, asustarme. Lo único que sé de Dios, es cuando en mis pesadillas con perros salvajes o con algún ser maligno, que me atormente. Logro escapar de esa situación con la oración que mi madre me enseñó para poder defenderme. Le llaman Padre Nuestro, que de antemano aclaro, no es para mí padre biológico, sino para otro señor que parece ser el padre de toda la humanidad. Yo en realidad no quería molestarle. Solicité su ayuda en una pesadilla, cuando me aprisionaban unos seres oscuros, que dejarían caer mi cuerpo a un precipicio en tinieblas y lo lograron. A medida que iba cayendo, mi cuerpo se horrorizaba con lo que veía y escuchaba. No veía salida a esa situación y me acordé de la oración. Comencé diciendo: Padre nuestro que estás en los cielos, santificado sea tu nombre… y era increíble ver cómo me despertaba y salía de esa pesadilla. No entiendo cómo ese señor, que dicen que es nuestro padre, también conocido como Dios, bajó tan rápido del cielo y me ayudó. Ah, y además la gente, cuando se despide, dice: adiós. En conclusión, creo en Dios padre, pues yo no despierto fácil de una pesadilla ¡y logró hacerlo!

La profe lo leyó y me puso una nota MB. Luego preguntó a mi oído:

—¿Lo viste, Tonono?

—¿A quién profe? —le pregunté.

—A Dios padre.

—No señorita, no le vi, sólo le llamé para que me sacase de esa pesadilla y desperté —y luego agregué— ¿Para qué imparte clases de religión si usted duda de la existencia? Ahí se me anduvo enojando.

—Tengo que hacerlas sí o sí, pues es obligación —dijo ella.

Volví a casa a jugar en los sillones que nos regalaron, eran grandes y de tres cuerpos. El más largo tenía dos muebles adheridos a su costado, uno de ellos tenía un espejo en su interior y se podía guardar en el vasos y copas, que eran protegidos con dos vidrios de corredera. A su vez, servía de bar. El otro mueble permitía almacenar vinos o cualquier otra cosa. También tiene un espacio para guardar el tocadiscos con todos los vinilos del momento y un compartimiento para las agujas, que a mi parecer, eran mágicas, pues nunca supe, ni tuve cómo averiguar, con el sólo hecho de colocarla en la ranura adecuada, la aguja podía producir música de un cantante favorito y muchas veces, el cantante repetía y repetía la misma frase. Mi padre decía: «¡ya se pegó de nuevo!»

Hoy no contaba con lo que me iba a pasar, pero aprendí que el humano es un animal de costumbres, que miramos pero no vemos. Siempre me tomaba de las barandas del sillón pequeño y con impulso, dejaba posar mi trasero para rebotar en la amortiguación de éste. Era divertido hacerlo, pero no conté con que mi mamá cambiase de posición los muebles para darle un toque diferente al *living*. Y eso pasó, no me di cuenta... me apoyé de ambas barandas del sillón y me impulsé hacia arriba para dejar caer mi potito, pues ahora sé que así le llamaba. Ay, ay, ay, mi potito, gritando, riendo y llorando al caer al piso. Mi madre cambió de posición los sillones chicos y yo me afirmé de las barandas izquierda y derecha de los distintos sillones, sentándome en el espacio que había entre ellos. Mi madre, asustadísima, replicó: «Pero hijo, menos mal que no se quebró la cola, caer así es peligrosísimo».

Al llegar la noche, jugábamos a la escondida mi hermana Pilo y yo. Ella descubrió dónde estaba mi escondite rápidamente y tocaba el turno de ella. Comencé a contar: uno... te voy a pillar, dos... te vas a esconder, tres... lo debes hacer, cuatro... de forma genial, cinco... te descubriré en un dos por tres.... Salíiiiii. Mi sonrisa de satisfacción fue evidente, pensé entre mí: «Eres demasiado ingenua, pequeña». Me dirigí al bulto oculto bajo la frazada de la cama de dos plazas de mis padres y no quise ponerla en evidencia. Monté el bulto como si de un caballo se tratase y comencé a decir: «Arre caballito, arre caballito» y movía mi brazo como si tuviese un cordel listo para atrapar un ganado. Hasta ahí estaba todo bien, el bulto trató de zafarse de mi montura, pero yo le advertí, uno, dos, tres, te pillé. Pero mi sorpresa fue mayúscula al ver abrirse la cortina de la puerta de la habitación y ver a mi hermana que, con una vela y riendo, preguntaba: «¿A quién pillaste hermanito?», y no paraba de reír. Olvidé por completo que mi padre se acostaba temprano para madrugar al otro día y salí hecho un peo. ¡Ese bulto sí o sí, era mi papá!

Soy Estefanía.

Cuesta, padre, creer todo lo que cuentas, admiro que pudieras creer en Dios, aún en estos tiempos, hay bastante gente que cree; yo, en lo particular, no creo, pues cuando niña, le pedí a Dios verte de nuevo y eso jamás sucedió.

Esto cuenta Tonono:

PEO ALEMÁN

Hoy la clase fue algo diferente o simplemente no fue clase. Habíamos salido al primer recreo, todo había estado bien, hasta sentir el campanazo de ingreso a la sala. Comenzamos a entrar y todos nos mirábamos buscando al culpable. Nadie podía ser llamado inocente y el culpable tendría que visitar urgentemente un médico, el olor era insoportable, yo sabía que ese gas no era mío, pues una vez comí huevo, repollo y coliflor, mi olor fue muy desagradable, pero éste que ahora había, era devastador, una mezcla de desagüe, alcantarilla y todo tipo de putrefacción imaginable.

La profesora puso el grito en el cielo y agregó que cómo era posible que en una cabecita estudiantil fuese capaz de caer tamaña fechoría, «¿acaso creen ustedes que van a boicotear la asignatura de matemática? No señores, eso nunca. Para variar calcularon mal, no contaron que a mí no me amedrenta esta cochinada y buscaremos al o los culpables. Espérenme aquí y nadie se mueva». Salió rauda a la dirección y volvió del brazo del inspector Cabezas. Que de cabeza no tenía nada, más bien era de cara pequeña y unos bigotes de tamaño exagerado. «A ver niños, si no quieren una suspensión colectiva, con audiencia de apoderados, quiero que sean bien hombrecitos o bien mujercitas y confiesen o digan quién fue y eso no significa que sean desleales o soplones, simplemente no pueden caer todos en el mismo saco.

El silencio era incorruptible, el inspector se paseaba de un lugar a otro y buscaba con la mirada al sospechoso. Tal vez algún indicio de transpiración continua, un nerviosismo exagerado, alguna pista, por pequeña que fuese, que el autor material pasase por alto. Un latir, una pulsación o la desesperación de confesar. Nada pasó.

El inspector, decepcionado, a punto de abandonar la sala, mueve sus ojos mirando el suelo y sonríe de forma triunfadora y agrega: «Señores Juan, Marcos y Tonono, a la inspectoría».

La profe se sorprendió por la actitud del inspector y tal vez pensó «éste es mi hombre», por la cara de complacencia y alegría. Rompiendo inmediatamente su expresión, agregó: «Saquen una hoja del cuaderno, esta prueba va al libro y ustedes, dirigiéndose a Juan, Marcos y yo, tendrán prueba oral». Eso es gravísimo, pensé, tengo cero posibilidades de copiar. Aunque yo sabía de mi inocencia. Ese tamaño pedo no era mío, era imposible no sentir semejante ventosidad. Uno conoce su poto y el mío por ningún lado era culpable. El inspector pidió que nos sentásemos en un baúl de cuero abotonado que permitía dar forma de rombos a ese tapiz. Al estar todos sentados, pidió que levantásemos las piernas. Yo pensé que ahí diría: tírense un pedo, para determinar al culpable, eso no pasó, él miró la planta de los zapatos y dijo: «Tonono, vuelva a clases, Juan y Marco, quédense conmigo». Yo, de reojo, miré los zapatos de mis amigos, tenían marcado e impregnado unos frutos verdes, como restos de aceitunas. Levanté mi pierna izquierda para mirar mi zapato, en éste no había nada, sólo resto de tierra y caca seca de algún perrito descuidado que va dejando sus necesidades por ahí. Al levantar la otra, había una pequeñísima longa de ese fruto, lo llevé a mis narices y era hediondo, corrí a lavarme las manos.

Entré a clases, me ubiqué en mi puesto y miré a la profe detenidamente. En mis pensamientos le dije: «Mujer, espero sus disculpas públicas, y dígale a todos mis compañeros, sobre todo a Paula, que fui declarado inocente, que soy un hombre intachable y digno de la admiración de las doncellas». Nada de eso escuché, en cambio la profe dijo: «Tonono, despabile y saque su hoja para la prueba, los ejercicios están en la pizarra. Tiene treinta minutos para resolverla».

Soy Estefanía.

Padre, cuenta la firme ¿eres también culpable del caso *pedo en el aula*? Por qué tenías esa pequeña longa en tu zapato? ¿¡Cómo el inspector no lo notó!?

Esto cuenta Tonono:

DESPERTAR DIFÍCIL

Generalmente nos levantábamos a las siete para ir a la escuela y llegar a buena hora. El llegar tarde significaba dar diez vueltas alrededor del patio delantero del colegio, a vista y paciencia de los vidrios de salas sin cortinas.

Pero ese día hubo que levantarse a las seis y media, ayudar a empujar el Chevrolet Opala negro, la lancha, como le decíamos nosotros, tenía gran espacio interior. Eso era excelente para mi padre, porque lo usaba como transporte público.

Ese día estaba helado, los caballos y cilindros que tanto hablaba papá, de los cuales estaba orgulloso, no respondieron. Todos tuvimos que empujar una y otra vez. Era un vehículo pesado, yo aún no podía despertar del todo, siempre he sido pesado de sueño, como dice mamá.

Ahora sí, gritaron todos. El auto arrancó lentamente, pero no tan lento, quedé sin punto de apoyo para ejercer fuerza, cayendo de una al suelo. Mis hermanos reían, yo prefiero mil veces que me tiren un vaso con agua, que despertar de un costalazo. Ése no era mi día, por qué será que cuando a uno le sucede algo, viene todo junto. Jugábamos al pillarse en la escuela, al tratar de saltar la sequía, caí en la peor parte y quedé bañado de lodo y tuve que acudir a la dirección.

—¿Qué le sucedió Tonono? —dijo el inspector cabezas—, ¿alguien lo empujó?

—No inspector —aclaré—, amanecí con el pie izquierdo, debería haberme quedado acostado, porque es el segundo porrazo que me he dado y espero que sea el último.

—Bueno Tonono, deme su libreta de comunicaciones para despacharlo a su hogar.

Señor apoderado:

Permítame saludarle con afecto comunicándole el lamentable hecho vivido por su hijo, él se acercó a mi persona dándome a entender lo sucedido. Sabiendo que no hay culpables, fue un lamentable accidente que no dejó estragos físicos, agradece su comprensión.

Le comunica su servidor, inspector Cabezas.

Tocaron la campana a recreo, yo caminaba por la orilla de la reja de la escuela y algunos compañeros reían de mi apariencia. Paula me vio, yo sentí vergüenza, pues no tenía nada de atractivo. No la llamé, aunque ella corrió primeramente hacia mí, pero algo en su cabeza desvirtuó su rumbo y quedé para dentro al verla saltar al fango, revolcarse y salir como una mujer de chocolate, lo único que se veía blanco eran sus dientes. Corrió hacia mí, me tomó la mano y con una energía desbordante, me impulsó a correr hasta su casa. Llenó un balde con agua y me lo lanzó, invitándome a hacer lo mismo. Se veía hermosa, el sol alumbraba una hermosa tez, el barro se deslizaba, dejando al descubierto un cuerpo empapado, la sonrisa de Paula era lo que cambiaba todo el ambiente. A pesar de que era mi día de pie izquierdo, la actitud valiente de Paula al enlodarse para ayudarme en mi tragedia, lo cambió todo. La inquietud, vergüenza en risa y diversión, se acercó a mí. Tomé su mentón con mi dedo pulgar e índice, no sé quién besó a quién, pero nos besamos con una complicidad como si nos conociéramos en lo más profundo de nuestro ser. Tomé la camisa ya seca del tendedero y le hice el nudo a la corbata para regresar a casa.

Soy Estefanía.

Se nota que Paula te quería, lo que realizó es una locura, qué forma más inocente de demostrarse amor.

Esto cuenta Tonono:

TE EXTRAÑO HERMANO

Es increíble cómo ciertos recuerdos te enlazan con alguna persona, jamás he confesado mi delito, pero ahí está la evidencia, a vista y paciencia de todos. Pero no habiendo base científica y sin darle mayor profundidad al fenómeno, se da por hecho que la causa raíz es ésa. «Apenas tenga unas lucas, hijos, dijo mi padre, pintaremos esta habitación de nuevo. Esta pintura que le pusimos al último, no tiene el suficiente poder de cubrir, esas marcas de humedad no las borra nada».

Nunca he querido confesar mi culpa, por vergüenza. Una vez, mi hermano Juacuncho nos contó: «¿Saben chiquillos?, tuve un sueño muy real. Llovía intensamente, pero la nube sólo cubría a mi persona, lo raro era que al despertar tenía gotitas de agua en mi cara. ¿Qué creen ustedes que pasa?»

Geno le dijo: «Si sólo la nube te cubría a ti, debes estar metido en algún problema o algo te sucederá». Y yo agregué: «No lo creo, debe ser sólo inseguridad y las gotitas deben ser del pipí que yo hago por la orillas en las noches». Todos largamos a reír, pero sólo para mí, esto que parecía una broma, era la pura y absoluta verdad. Las marcas de humedad de la muralla eran mías.

Cuando mi madre contó lo que había vivido nuestro padre en la juventud y no quería que Juacuncho repitiese su historia, yo pensé si habrá sido todo cierto o nuestros padres contaban lo que ellos querían, para que nosotros, como hijos, no los juzguemos.

Debido a esto decidí escribir, por si en el futuro llegaba a ser padre y mis hijos quisieran conocerme, éste fui yo a su edad, les diría. Así vivíamos, esto sentía. Cada vez que escribo, guardo las hojas para que no sean vistas y no sea juzgado antes de tiempo.

Cuando compartes con algunos compañeros que se jactan de tener de todo lo material, uno se da cuenta de que vives con pocas cosas, pero la creatividad hace que seas feliz y lo olvides. Por lo menos hasta que aparece una forma de tener de todo. Los cuadernos traían una promoción, si completabas el laberinto que te llevaba a distintos premios, esos premios cobrabas. Yo llegué a la bicicleta, al televisor y a varios artefactos eléctricos.

Les pedí a mis padres que canjeasen todo lo ganado. La sorpresa se la llevaron ellos, cuando volvieron a casa preguntaron: «¿Seguro Tonono que no hiciste trampa?» Estuve a punto de confesar, pero callé al escuchar a mi padre decir: «Por lo menos nos dieron un pack de cuadernos y algunos útiles escolares como obsequios de consuelo». No contaba con que ellos manejaban un listado con los códigos de barra de los cuadernos premiados y yo sólo perdía el tiempo cargando la goma para borrar las líneas que obstaculizaban mi meta o premio.

A veces no quiero escribir, porque pienso, y me pregunto: «¿Tendré alguna vez hijos con Paula? Y si nunca le veo el ojo a la papa, como dicen los adultos, ¿cómo pueden los padres estar juntos tantos años? ¿Qué hablan? ¿Se aburrirá el uno del otro? ¿para qué duermen juntos si es genial tener tu propia cama?»

Soy Estefanía.

Padre, gracias a ti, no he vivido deseando cosas, pues todas son como parte de mi vida. Con dinero se adquieren bienes, pero no se llenan vacíos. ¿Por qué siempre buscamos lo que no tenemos?, tú lo tenías todo, según yo, podías jugar, divertirte con cosas simples. También deseaste cosas que mis abuelos no podían adquirir, por eso adulteraste los laberintos de los cuadernos, para tener todo de una, porque algún conocido te dijo que él tenía todo aquello. Entonces, ¿cuál es el punto de equilibrio? Tenías un amor de juventud correspondido, una familia numerosa. Puedes decirme qué pasó, a veces quisiera llamar al técnico para que me ayude a dilucidar qué quieres, quién eres y cuál es tu rumbo, pero no sé su nombre y no quiero decirle amor, pues no es mi amor, me gusta un poco, casi nada, pero es tan astuto que haríamos una dupla interesante, obvio que lo interesante sería gracias a tu hija.

Esto cuenta Tonono:

PAULA CON OTRO

Más de una vez, la sombra que vi a los pies de mi cama me visitaba, no sabía a quién decirle, tenía que ser alguien que me creyera, quería contárselo a Paula. Fui más temprano a su casa, pero antes de llegar a ella, veo a una niña de espalda igual a la de Paula, besando apasionadamente a un joven uniformado, me acerqué para no hacer el loco y pregunté: «Disculpen, ¿cómo se llama esta calle?» El joven respondió amablemente, pero la niña se mantuvo inmóvil sin poder ver yo su rostro y agregué: «¿De casualidad ubican ustedes a Paula Fuentes?» El muchacho replicó asombrado. «Pero si eres tú mi amor». El mundo me aplastó en ese momento y agregué: «Mi hermana está enferma y dice que si puedes prestarle las tareas mañana». Su rostro sonrojó y una tímida lágrima se deslizó por su mejilla, le di las gracias y me di la vuelta, mi rostro enardeció en rabia, pena y un sinnúmero de emociones. Llegué a casa, entré a la pieza, tapé mi cara con la almohada y lloré como un niño.

Soy Estefanía.

Papito, si esto te hubiera pasado al principio de este relato, lo más probable es que me hubiese burlado, pues habría dicho que te lo mereces, pero a esta altura ya te he tomado cariño nuevamente. De consuelo te digo que las cosas pasan por algo y si esto no hubiese sucedido así, si tú no hubieras conocido a mi madre, yo no hubiese nacido.

Esto cuenta Tonono:

EN QUÉ FALLÉ

¿Por qué Paula me cambió por un atado de músculos? De qué sirvió todo lo que vivimos juntos, las risas, los abrazos, los besos y nuestras confidencias. ¿Cómo pudo ¡desecharme! y desconocerme? ¿Cómo se las ingeniaba para andar con los dos? ¿Habrá tenido relaciones sexuales con él? Si conmigo nunca las tuvo. Bueno, siempre pensé que mi virginidad la perdería con ella, mi primer amor, según yo. En realidad para ella no soy nada ni nadie. ¿Seré muy feo? Jamás me lo había preguntado hasta ahora, mi autoestima se fue al suelo, no quiero ni mirarme al espejo y para variar, tengo que dar la prueba de aptitud académica, mi mente no logra concentrarse, la pienso y la veo por todos lados, estoy chalado.

Soy Estefanía.

No te culpes padre, si una relación falla, pueden haber múltiples causas y todos nos podemos sentir feos en algún momento, pero eso no debiera pasarse por la mente, porque somos naturalmente únicos e irrepetibles. ¡Tal vez huelas a virgen!, bromeo padre. La vida sigue y otro amor puede tocar tu puerta, si no te deja el tren, como decían ustedes. Obvio que el tren lo tomaste y te trajo a nuestras vidas.

Esto cuenta Tonono:

¿CÓMO ESTÁ PAULA?

Suele pasar que cuando menos quieres saber de alguien, tu entorno más cercano te lo recuerda y no falta quien no has visto de hace algún tiempo y lo primero que hace es preguntarte por ella, y qué le respondes cuando has nacido en una cultura machista. Le dirás: «¿Sabes?, me dejó por otro». Y antes que quieran molestarte, agregas: «Es más alto que yo, más musculoso y debe ser más simpático el desgraciado». Ahí se cae mi gramática y la rabia e impotencia se apoderan de mi ser… me despido y deseo, como el avestruz, esconder la cabeza y decir a los cuatro vientos: «Trágame tierra» y lo hice al llegar a casa. Grité, con toda mi alma, hasta desgarrar mi voz…, los cuatro vientos se manifestaron, un viento rozó mi espalda, otro me llegó de frente, como si anduviera en moto a más de cien kilómetros por hora y el viento norte y sur me golpearon, de tal forma, que me sentí envuelto como si fuese una momia. Las rocas pequeñas donde estaba parado, comenzaron a moverse y giraron de modo que mi cuerpo se movió con ellas, sentí unos dedos pequeños que apretaban mis tobillos y comencé a caer. Mi cuerpo desapareció, al menos yo no podía verlo, no sentí miedo, a pesar de que estaba oscuro, algo así como cuando te tiras en el túnel negro del conocido parque de diversiones de Chile, hasta que llegué, según yo, a tierra firme. Pero tal fue mi sorpresa al ver…

Soy Estefanía.

Ahora estoy desconcertada, no sé qué pensar, ¿estás loco?, ¿cómo podría abrirse la tierra? Y esa mano pequeña que tomó tus tobillos, dirás seguro que es un pichitumbao, quieres poner a prueba mi inteligencia. Todos tenemos miedos en nuestra niñez, pero tú quieres que te crea hasta lo que decía tu sopa de letras. Cómo quieres que siga escribiendo esto. No hay argumento alguno que justifique tus inseguridades. ¡Mejor me voy a dormir!

Esto cuenta Tonono:

TIENES QUE ELEGIR

Estaba frente a una luz, que no puedo decir, enceguecía, pues aún mi cuerpo no veía. Pero la tranquilidad que sentí al viajar y llegar hasta ella, jamás, pero jamás, la había sentido. De pronto se escucharon unas voces que emergían de ellas y al unísono decían: «¿Quieres venir con nosotros?» Respondí que quería ver qué hay más allá de la luz, estaba tranquilo esperando una respuesta y lo único que recibí a cambio, fue la misma pregunta: «¿Te quieres venir con nosotros?» En realidad no sabía qué hacer y saltó otra voz que dijo agitada: «Ven con nosotros o caerás en las redes de Noluz, el emperador de la oscuridad, él maneja tus sentidos, tus deseos y conoce tu debilidad, tiene acceso a tus emociones y quiere tu alma para darle más poder a su universo. Depende de ti, sólo de ti» No terminaba de hablarme, cuando se acercó a mi ser una bella mujer. Yo no entendía cómo ella podía verme, levantó su mano y, apenas movió su dedo meñique, apareció mi mano y luego mi brazo, quise pensar que era un sueño, pero no despertaba, era una realidad a la que no estaba acostumbrado. Inexplicablemente mi cuerpo apareció en su totalidad, pero me notaba más alto. «Sube —me dijo la mujer— y siéntate».

Tocó mi pierna y me dio una leve caricia hasta la rodilla. «Tranquilo, relájate, ¡puedes confiar en mí!, soy una mujer mala, pero no del todo, aún hay luz en mi corazón... aunque mi cuerpo viva sumergido en el deseo. ¿Por qué te viniste conmigo? Si estabas a un paso del resplandor». Dijo esa mujer con una voz que derrite al más fuerte de los mortales. «Difícil de contestar —repliqué—, tal vez tenga debilidad hacia las mujeres hermosas, de ojos almendrados, de cabellera abundante y de caderas dadivosas. No sé por qué razón, desde pequeño sueño con ustedes, el cuello, espaldas y pies, cuando estos se mueven salpicando agua en un río, en realidad poco sé de ustedes las mujeres y fracasé en mi primer y único romance. En realidad no debiera contarte mis deseos secretos, menos si es la primera vez que te veo.

Soy Estefanía.

Padre, me puse a investigar algunos casos de personas que han visto la luz, el túnel y uno que otro aderezo se da en personas a punto de morir o que mueren momentáneamente, volviendo a la vida para poder contarlo, supongo. Lo extraño es que tuviste la luz al alcance y la rechazaste por irte embobado tras una mujer atractiva, de reputación dudosa, la miraste totalmente, pues la describiste detalladamente. Yo sé que sobreviviste, pues según lo que cuentas, eras mayor de dieciocho años, pues cuando sorprendiste a Paula, querías dar la prueba de aptitud académica, que era la coladora para poder entrar a la universidad. La pregunta es, ¿qué gatilló tal situación? Al parecer, tu debilidad o inseguridad partió con Paula. Padre, todos hemos tenido aciertos y desaciertos en el amor, no por eso vamos a involucrar a más personas en un capítulo que no se cerró. Quisiera yo darle final y poder ayudarte. Tal vez le pondría, milagrosa aparición. Padre, vuelve después de siete años, logra recordar qué nos dejó botadas, retornando a casa con un agradable perfume en su piel, que de seguro es *hueles a virgen*. Ah... FIN.

Como te darás cuenta, escribir no es lo mío, pero tener que recopilar, ordenar y contar tus ideas, no ha sido nada fácil. Espero que esté bien, pero dudo en algunas partes, tengo muchos vacíos cronológicos y no supe en algunas situaciones si tenías trece, quince o más años. Tu profe de castellano, como decían ustedes, te hubiese reprobado y la mía, de lengua y literatura, me tiene entre ceja y ceja.

A mi parecer, yo soy más analítica, hasta llegué a pensar que era cero sentimientos, pero no era así, comprimí mi vida y me salté de los once a los diecisiete. Supieras tú lo que produjo tu ausencia en mi persona.

Esto cuenta Tonono:

TU AUTO

—Qué cómodo y bello auto tienes, jamás en mis cortos años de vida, había subido a un carro así. Siempre anduve en micro, bicicletas y patines, ah, también en tablas con ruedas. Dime qué es esa figura pequeña y metalizada sobre el *capot*, no me digas que tiene vida, pues me pareció que nos observaba.

—En realidad la tiene y al parecer tú no estás preparado para este universo —ella respondió—, pues verás cosas que jamás has imaginado. Esa escultura que tú ves, le llaman espíritu del éxtasis y es el símbolo de uno de mis autos, me gusta cambiar todos los días como cambio mis zapatos, por algo soy la preferida de Noluz y me envió a buscarte. Dime cómo te sientes.

—Algo mareado, sentía que mi cabeza se partía en dos, sentía mucho miedo, pero no sé de qué. El escalofrío recorría mi cuerpo, pienso que no disimulé mi piel de gallina y mis pelos erizados como si un gato hubiese visto al más bravo de los perros.

—Bueno o malo, te pregunté sólo para ver lo que respondías, yo sé lo que sientes, lo que piensas y conozco hasta el más turbio de tus deseos, créeme, ¡me encantan! Pues lo más malo para ti, para nosotros es pura gasolina... ¿entiendes?

Ahora llevarás un brazalete para que puedas soportar este mundo y tu sensibilidad estará en su mínima expresión y te aparecerá la primera letra **i** en tu cuerpo.

Soy Estefanía.

Primero, estoy confundida, cómo una mujer te invita a subirte a uno de los autos más caros del mundo y se jacta de no ser el único auto al que tiene acceso, pues puede tener el que quiera, como cambiarse de zapatos.

Segundo, cómo puede una estatuilla tener vida. ¡Qué se fumaron!, ¿acaso tiene una pareja dueña de una automotora?, era imposible en esos momentos que tú conocieses uno. El poder adquisitivo que manejas hoy, es fruto de tu esfuerzo y del acierto en tus movimientos empresariales. Tiene que haber sido realmente hermosa para dejarte seducir.

Tercero, un brazalete, con qué objetivo la mujer dice: para reducir la sensibilidad del mundo al que te fuiste a meter, por lacho, por bobo, por ingenuo y aunque no me gusta decirlo, hasta por caliente... Si es lo que parece y has vuelto ahí, no puedo hacer nada. Nunca he creído en el cielo ni en el infierno, pero si tuviste un cielo, lo dejaste ir y te quedaste metido en las patas de los caballos. A veces me pregunto si el bien te mantiene tranquilo, no haces daño a nadie. Por qué buscamos lo malo. Estamos destinados a la autodestrucción, somos el escorpión que es capaz de enterrarse su propio aguijón para perder lo más valioso, nuestra vida.

Por último dice: te aparecerá la primera **i**, muchas palabras comienzan con **i**, quiero pensar que la tuya fue por incauto...

Esto cuenta Tonono:

SIMBRI

La mujer que me había recibido se llamaba Simbri, ella es la preferida de Noluz, el emperador de la oscuridad. Al entrar no lograba distinguir, es lo que sucede a los ojos cuando entras de un lugar claro a uno oscuro. Era todo sombra, penumbra, luego de unos minutos comencé a distinguir y había unos ojos fijos en mí, era un ser alto y robusto, de dos metros cuarenta, de escaso pelo, intimidante, de una sonrisa burlesca. Se dirigió hacia mí y puso su mano sobre mis hombros, como empujando hacia abajo, como diciendo: si quiero, te destruyo, te aplasto sin piedad. Manos de un ser, que en la tierra, sí o sí tendrían que ser de un deportista extremo.

«Bienvenido a mi universo Antonio».

Me extrañó que me llamara Antonio, pues siempre y desde pequeño, todo mi entorno me conocía por Tonono y hasta en el liceo, mis compañeros me nombraban igual.

«Pero Antonio, hombre, ¿qué te sucede?, ¿he dicho alguna palabrota, como las que tu madre te prohibía decir?

Seguía sin entender y Simbri me miraba con cara de compasión, obvio que sin sentirla, pues éste es un universo insensible.

Noluz le habló a Simbri y le dijo: «Qué le pasó a éste, ¿acaso se pegó en la cabeza o algo así? Mira Antonio o si quieres, Alberto Antonio, te necesito y de hoy en adelante para mí y todos mis súbditos, serás Pocoluz y muchos de estos holgazanes te deberán obediencia. Te estabas perdiendo en la tierra y eras uno más del montón».

Noluz volvió a sonreír entre burlesco e irónico.

Soy Estefanía.

Padre, padre, padre..., eres un caso perdido. Simbri es la mujer predilecta de Noluz, de ese tal emperador del mal y para más remate, te da un cargo y te llama Pocoluz. Él conoce tu nombre, sabe ciertas cosas de ti y debe ser más malo que el *natre*, como decía mi abuela.

Esto cuenta Tonono:

POCOLUZ

Debo reconocer que sentí algo así como orgullo, esa vanidad que nos envuelve cuando nos dan jerarquía. Muchos de esos seres me deberían obediencia, sumisión. Sería su nuevo jefe o, mejor aún, el gerente, qué gerente ni nada, sería su presidente o simplemente el que la lleva. Debo reconocer que mi ego era elevadísimo y mi empatía con esos seres era mínima, por no decir poco significativa. Me extraña no sentir miedo ante tal situación, en la tierra me hubiese puesto nervioso, porque no decirlo, hasta tiritón.

Simbri me guiñó un ojo y realizó un gesto para que la siguiera. Entramos en una habitación oscurísima, en la cual yo podía ver como si fuese detrás de una cortina de nailon. Ella se despojó de su traje y una hermosa silueta de mujer embellecía el ambiente. Comenzó a caminar despacio, de una forma intimidante, pero raro era, pues no intimidaba. Un cuerpo realmente bello, a pesar de ello no lograba mi admiración, en la tierra hubiese quedado embobado. De seguro me hubiesen dicho los envidiosos, mucha carne para tan poco gato. Estaba dispuesto a atacar como un animal a su presa, no sentí amor, ni una migaja de cariño, mi cuerpo estaba invadido por una pasión desenfrenada, lo único que quería sentir, era el choque de los cuerpos, que ella supiera que era yo el macho dominante.

Soy Estefanía.

Papá, espero que algo hayas retenido ese impulso animal, tú no estabas cerca de ser el macho dominante, si bien te dieron un rango, eres subordinado de Noluz y Simbri era su preferida. Si él sabe o se entera, te re mueres, por favor, ni se te ocurra.

Esto cuenta Tonono:

SIMBRI LO SABÍA

Simbri entendía perfectamente lo que me estaba pasando, ella lo vive día a día. Sabe lo que es ser el cuerpo del deseo, donde no existe ni una gota de amor, donde el animal más fuerte consigue su presa. «Estoy acostumbrada a esto y aunque no lo quiero, ya es parte de lo que vivo acá».

La escuché, pero no pude ser empático. Así era su mundo, cero sentimientos, cero empatías. Ella quería otra cosa, pero sabía que no la lograría, ni siquiera conmigo, porque si manejaba la sensibilidad que yo tenía, el pánico y el terror entrarían en mi cuerpo, pues era un mundo de maldad, de insensibilidad, de egoísmo, de mucho ego y de ambiciones de poder, era lo mínimo que podía decir de ese universo.

La desesperación comenzó a entrar en mí, un olor desencadenaba mi furia y mi pasión. No lo entendía, pues jamás lo había experimentado, muchos gritaban conmigo, pero ninguno se atrevió a dar ni un sólo paso. «Cobardes, grité, ¡no lucharé contra nadie!» Y tomé posición, mis brazos y mis piernas se coordinaron para correr y saltar como un verdadero animal. Ya sabía lo que pasaba y no podía detenerme, corrí y salté para caer encima de Simbri, pero al ir cayendo, no logré tocarle, una fuerza invisible envolvió mi cuello y en un acto de estrangulación, me tiró hacia atrás y caí de espalda.

«¿Sabes Pocoluz, que las murallas tienen oídos?, yo soy el emperador del mal, yo elijo, y a Simbri la escogí yo». Levantó su pie y los puso sobre mi pelvis, pensé que me molería mi aparato reproductor masculino, pero no lo hizo, se rio burlescamente, llamó a Simbri, se la llevó y otra **i** aparecía en mi brazo, pero ahora se dibujaba lentamente y ocasionaba un dolor desgarrador que no cubría el brazalete.

Soy Estefanía.

Padre, de la que te salvaste, a dónde te ibas a meter, es obvio que algo te pasó que de alguna forma saliste de ahí. A veces quiero saber más de ti, desde que mamá dice creer que te fuiste con otra mujer, no toca el tema y se molesta si yo quiero preguntarle algo más. Hasta el momento no tengo ninguna hoja que pasar a este escrito, por lo menos esto es lo que entregó el neurólogo y una hoja en blanco manchada con jugo de limón, que me hace pensar que eras bueno para la limonada y algo descuidado, pues la hoja estaba pegajosa, lo único que faltó es que viniera con una pepa de dicho fruto.

Te cuento, ya me desvelaste, lograste inquietarme y, aunque mi madre dice que nada me conmueve, créeme, no sé qué me está pasando, me desconozco. No he vuelto a solicitar la ayuda de mi asistente virtual, pero llamaré al técnico para que sea mi compañía en esta búsqueda y no agotaré medios hasta encontrarte.

No sé cómo pedirle ayuda al técnico, cómo pregunto por él si contesta otra persona y ve mi cara. Él dijo que tenía que decirle mi amor para que contestase. Me atreví, le llamé, una mujer apareció en la imagen de mi lente y preguntó:

—¿Qué quiere señorita?

—Será usted mamá del único niño que vive en su casa.

—Si te refieres a Noel, así es, no te preocupes, lo llamaré. Noel, te llama una preciosa niña.

Se escuchó y la respuesta que dio él fue muy reveladora:

—Te dije, madre, que no estoy para nadie.

La mamá sonrojó y dijo:

—Disculpa niña, a éste no lo hace sonreír ni la más extrema de las cosquillas.

Me enojé, pues a las madres se les trata con cariño y le dije a su mamá, para que escuchara su hijo:

—Podría decirle al pelacables —y reaccioné—, perdón, a mi amor, que necesito de su ayuda.

La madre se sorprendió de lo que dije y de la reacción de su hijo, pues éste sonrió y le pidió amablemente que colgara.

Noel me miró detenidamente y me preguntó:

—Perdón, ¿a quién busca? Me quedé callada, volvió a preguntar y dijo:

—Sí no sabe a quién busca, me retiro.

Ahí tuve que atreverme y levantar la voz.

—Te necesito a ti, mi amor.

—Soy tu servidor —dijo sonriendo satisfecho.

—Mira Noel, pasa lo siguiente...

Hablé como hablarle al viento, pues me hizo la ley del hielo.

—Mi amor, esto sucede —ahí logre toda su atención y me miró con unos ojitos que parecían sonreír—, necesito saber más de mi padre y no sé por dónde empezar. Cuando toco el tema con mamá, se molesta y sí o sí, tengo que encontrarlo. Dime si lo que sabes, para ver por dónde empezamos. Son seis hermanos, igual que ustedes, la diferencia es que son cuatro hombres y dos mujeres. La niña menor se llama Marisol, chica balan, le decía Car. Otro de los hermanos, pues él cuenta que corría más rápido que él cuando eran sorprendidos sacando helados de frutas del refrigerador, mini negocio de Juacuncho y Geno. Con las ventas ayudaban a pagar en parte la cuenta de luz, cuando tenían luz, pues vivieron mucho tiempo con luz de vela. La fabricación del helado era artesanal y se vendían con el nombre de cubos, cocían la fruta y la dejaban enfriar, pasaban la fruta por una prensa manual, que antiguamente se usaba para hacer el puré de papas y la unión del jugo con la pulpa, era vertida en bolsitas delgadas, a las cuales se les hacía un corte de unos tres centímetros y se giraba rápidamente la bolsa, evitando que el jugo cayera al suelo, amarrando la bolsa con las puntas cortadas.

Mi padre siempre estaba conforme con su vida, jugaban mucho, jamás había notado escasez o las prioridades de un niño de su época, no eran exigentes. Mi padre recuerda que no recibiría regalo de los que hacían el municipio a las localidades rurales, por tener un año más del límite, pero mi abuelo consiguió uno, hablando con el dirigente, era una cámara fotográfica de plástico que tiraba agua. Mi padre se fascinaba viendo cómo un hilo de agua salía de su cámara y bañaba la cara de la víctima que posaba para la foto y juntos reían. Tener una cámara de verdad, no fue fácil para su familia, todo lo que tuviese un grado de tecnología no fue adquirido. Era regalado por mis bisabuelos, que yo no alcancé a conocer. Mi padre supo que el dinero no abundaba, las vacaciones estivales no eran de un mes, como las otras familias que disfrutaban con una casa de veraneo.

Es difícil, en realidad, no compararse con los demás, muchas personas viven de las apariencias, siempre tratando de ser más que los demás. Mi padre abandonó su apodo de niñez y pedía que le llamasen por su nombre: Alberto Antonio. Decía que él vería la forma de quebrar el círculo de la pobreza material y dar estabilidad laboral a muchos. Amo lo que tengo, decía. Hay muchas cosas que escribió y que descubrí trajinando las cosas de mamá. Sé que hice mal, pero siempre que quiero hablar de papá, ella rehúye el tema.

Noel, mi amor, tenemos que ir al Pueblo Sin Nieve, ése fue el segundo lugar donde vivió papá.

Nos subimos al auto, le hablamos a la computadora y le pedimos: llévanos al Pueblo Sin Nieve. La computadora respondió: recorrido estimado en tres mil doscientos noventa y un kilómetros, equivalente a un día y dieciocho horas de viaje, a una velocidad prudente de setenta y ocho kilómetros por hora, lugar de destino, Perú, localidad sin nieve.

Ahí nos dimos cuenta de que no existía un registro en *google maps*. Noel decidió que fuésemos al Colegio de Arquitectos de Chile, para ver si ahí encontrábamos algún indicio, total, era un arquitecto reconocido. Entramos, nos detuvo un señor grande. «Sus credenciales o invitaciones muchachitos», nos dijo. «No la tenemos, Noel dijo, no creo que la hija del fundador de Your Refugie Ltda., las necesite». El guardia, recepcionista o lo que fuese, dijo a través de un micrófono, «Tenemos la descendencia de Alberto Antonio». Noel dijo: «¿Viste Estefanía que fue buena idea que viniéramos? Estábamos tranquilamente esperando, hasta que vimos un tumulto, muchas personas venían caminando a lo lejos, unos de traje, otros con casco blanco, mujeres que traían tubos porta planos, muchos de jeans y camisa que gritaban: «Muérete Alberto Antonio, jamás fuiste de los nuestros». El hombre grande dijo: «Parece que la embarré, mejor huyan». Una tarjeta de visita le pasó a Noel y corrimos al auto computadora, a casa. La computadora dijo: «¿A cuál de todas?» «A Valle Escondido, tuve que decirle».

—Qué dice la tarjeta Noel —fue como hablarle a la muralla, se me olvidaba que tengo que tratarlo de amor—, qué dice la tarjeta, mi amor.

—Dice: Alfredo, recepcionista, gasfíter, eléctrico, albañil y carpintero —Noel respondió y sonrió con su mirada—. Guau éste es el Ken chileno.

Quedé intrigada y le pregunté:

—Mi amor, quién es Ken.

Me miró y dijo:

—El pololo de Barbie, la muñeca. Ése le hace a todos los trabajos.

Llegamos a casa, yo no podía entender por qué le deseaban la muerte a mi padre y le pedí a Noel que llamara a Alfredo.

—Disculpe Alfredo que le interrumpamos en su labor.

—¿Por qué?

—Esa gente venía hacia nosotros con ímpetu, rabia y descontento.

—¿Qué hicimos para provocar su ira? ¿Por qué tanto odio hacia mi padre? ¿Acaso no es un arquitecto connotado, como muchos de ellos?

—Ese es el problema señorita, su padre nunca estudió arquitectura, es más, no dio ni la prueba de aptitud académica. La historia de pasillo cuenta que la esposa de Alberto Antonio se flechó cuándo le conoció en una oficina de arquitectos. Cada vez que terminaba de hacer el aseo en la oficina, se bañaba y vestía de chaqueta, camisa y zapatos de vestir. Lograba la apariencia de un hombre seguro, de buen pasar. Tu madre le buscó conversación y siempre creyó que era un arquitecto, él no le mintió, conversaban mucho del tema arquitectónico, tu padre se manejaba muy bien en aquello, porque le gustaba y leía todas las revistas más prestigiosas del tema, pues la oficina estaba plagada de ellas, nunca estudió formalmente. El suegro lo llevaba a las obras y todos le reconocían como el arquitecto Alberto Antonio. Pero un día, Ignacio Baeza, socio de la Escuela de Arquitectos, quien manejaba todos los nombres de estos profesionales, se dio cuenta que tu padre jamás había estado en una universidad. Ignacio Baeza amaba a tu madre, pero como ella no le correspondió, ideó un plan para dejar en descubierto a tu padre. Tu abuelo, al enterarse, lo despidió y le pidió a tu madre que lo dejara. Tu madre le obedeció por un tiempo, pero se dio cuenta que lo amaba demasiado. Tu padre, con lo que ganó con su suegro, contrató los servicios de un arquitecto, un abogado y un contador auditor. Se enfocó en darle forma a un proyecto, cuyo enfoque era diferente a la arquitectura tradicional de su época. Llamó la atención de una editorial a cargo de una prestigiosa revista de arquitectura internacional. El nombre de su empresa y la visión vanguardista de él, fue motivo de portada. Tu padre fundó Your Refuge Ltda., pero al parecer, tú no sabes, es dueño de una multinacional y es tanta su ambición, que están construyendo con máquinas robóticas de última generación, todo tipo de obras, sin obreros, sin arquitectos. Tal vez la única contratación que hace es la de un ingeniero informático o un ingeniero civil industrial. Usted no se imagina, niña, la cantidad de personas desempleadas y culpan de ello a su padre. Yo no lo culpo, él una vez me dijo: <Estudia y emprende, si no hay trabajo, créalo, pues en un futuro próximo, muchos cargos serán reemplazados. Reinventarse será la insignia de los que quieran vivir sin angustiarse>. Ah señorita, recuerde, soy Alfredo y si necesita algún servicio, soy entendido en muchas materias, y todo lo que le acabo de contar, vale mil dólares.

—Gracias Alfredo, lo cargaré a tu cuenta ADN y por tu cobro, parece que tienes la lengua bañada en oro; broma. Cualquier cosa te llamamos.

Le ofrecí a Noel llevarle a su casa. Me hizo pasar sin antes advertirme o excusándose por algunas incomodidades que, según él, yo podía sufrir. La madre de Noel me invitó a tomar once. Noel no quería y le dijo: «Mami, ella vive otra realidad, mejor dejemos que se retire, su mamá debe estar esperándola».

Estefanía se adelantó y le dijo:

—Permiso tía, aquí yo me siento y no me muevo hasta disfrutar de su té.

La madre de Noel tomó una teterita y dejó caer el líquido en la taza de Estefanía, luego le colocó un platillo y sobre éste, unas tostadas con mantequilla. Se escuchó en voz alta a la mamá de Noel decir: «A tomar once y hoy no mandaré tarjeta de invitación».

Aparecieron por arte de magia, corriendo y empujándose por el angosto pasillo para ver quién pasaba primero. La madre las miró y les dijo: «Saluden, tenemos visita, es amiga de Noel», Noel afirmo con la cabeza y dijo: «Sí, es mi amiga, ella ofreció traerme». Luego se sentó un caballero con una barba de unos tres días, algo serio, pero cordial, me miró y sin filtro preguntó: «¿Hace cuánto tiempo pololeas con Noel? Ahí saltaron las cinco hermanas y exclamaron: «¡pero papá!» La hija menor negó con la cabeza y agregó: «Disculpa a mi padre, es muy desubicado y copuchento». Estefanía sonrió.

Noel estaba cohibido, se produjo un silencio momentáneo mientras Estefanía tomaba un sorbo de té, se dio cuenta que el aroma y el sabor contenía canela, mordió un pan tostado con margarina y comenzó a llorar. Noel se paró y dijo: «¿Ves mamá, Estefanía no está acostumbrada a vivir pellejerías». El padre de Noel se paró también y reprendió a Noel. «Mira niñito, que te quede claro, en esta mesa se come lo que hay, si hay pan, se come pan o caviar, si no hay que echarle, se come pan *pelao*, usted, jovencito, sabe perfectamente nuestra historia, hemos vivido escasez, abundancia; jamás debes avergonzarte, porque siempre habrá personas que tengan más o menos que ustedes, pero sepa que el tiempo corre igual para todos y Dios mira la belleza de tu corazón y no la estampa que da la vestidura».

Ahí se produjo otro silencio. La mamá de Noel puso su mano sobre el brazo de su esposo, como diciendo sin palabras, cálmate viejito, y yo hice lo mismo, para que Noel no se afectara y hablé. «¿Saben?, son una bonita familia. Con mis lágrimas no quería incomodar, yo nunca había tomado té tía, lo encontraba como infusión para mayores. Pero este té es el líquido más exquisito que he tomado y las tostadas están deliciosas. Lloré porque recordé un escrito de mi padre cuando era pequeño, él, sin saberlo, vivía en algún grado de escasez, pero era feliz, hasta que se dio cuenta de las clases sociales, que en nuestro país es abismante. Yo no soy materialista, vivo muchas comodidades que recién logro apreciar. Ustedes tienen lo que yo no tengo, una familia numerosa donde hay un padre que corrige y una madre que contiene. Lo que yo tengo no es gracias a mí. Lo heredé, no es mi culpa. Lo que hoy vivimos con

Noel fue fuerte, espero en un futuro próximo poder ayudar para producir un cambio».

El ambiente se relajó luego de corregir los malos entendidos, me despedí de todos y miré a Noel, «Chao Noel, porque supongo que puedo decirte Noel». Él me miró y sonrojó. No se atrevió a decirme delante de toda su familia que le dijera como siempre me pide. Así que continué mi leve venganza. «Bueno, yo sé que no te gusta que te diga Noel, entonces mi aaa...», no me dejó completar la oración y dijo: «Dejaré a Estefanía en la puerta».

Salimos, él, amablemente iba abrir la puerta de mi carro y ahí notó que no tenía manilla, yo le mostré cómo funcionaba este modelo y le dije: «Es igual que algunos muebles de cocina, tú presionas y se abre, con la diferencia que la puerta del auto te lee las huellas dactilares». Me senté en mi auto, Noel me hizo chao con la mano. Y yo le dije, por último: «Si te dio vergüenza que te dijera mi amor en tu casa, despídete como un caballero». Me miró, sonrió con los ojos y extendió su mano como saludando a un amigo,« un gusto Estefanía, nos vemos pronto». Ahí quise pedirle al auto que cerrara los vidrios para aplastarle la mano, por ser tan engreído, pero me lo aguanté, total, se nota que le gusto. Por primera vez contestó cuando le dije, chao Noel. Él dijo, «chao Estefanía, te extrañaré».

Cuando llegué a casa pude apreciar por primera vez lo que hace el poder adquisitivo, nuestro terreno era grande, alcanzaban por lo menos cien casas de las que tenía el papá de Noel. La piscina era inmensa, por primera vez lograba encontrarle esas dimensiones. Subí al trampolín, mi inmersión la disfruté como si fuese mi primer chapuzón, como esos que uno se da en la niñez, donde el disfrute es por el sólo hecho de mojarse. Entré a casa, aproveché la ausencia de mamá para revisar una caja insertada en la pared, donde almacenaba documentos. Encontré más de una canción, la que cantó mamá cuando tenía trece y una a los quince, siempre pensé que ella me las había escrito, pero lo que me dejó dislocada, cuando leí al pie del papel: «Mi amor, no tengo otra forma de decirle a Estefanía que le amo. Temo morir sin que ella me reconozca por última vez». Era obvio que esa carta era de papá, entonces mi madre sí lo volvió a ver. Ahí pensé las peores cosas, si mamá tiene un amante y tienen a mi padre encerrado para quedarse con todas las empresas de mi padre y si ese amante fuese Ignacio Baeza, el que puso en descubierto a papá para intentar quedarse con mi madre. Me encerré en mi pieza y comencé a leer dos de las canciones que siempre escuché, pero ahora tenían otro sentido, eran de mi padre.

Feliz cumpleaños hija (cumplía trece)

Tus ojos nada ven... En ese momento vendaron mis ojos y me llevaron del brazo hasta llegar a un lugar que yo conocía, movieron una silla en la cual yo me senté, la silla no era la mía, por su forma debía ser la de papá. Era la sala de recepción para invitados numerosos, en los cuales no estaría mi padre, lógico era, pues si él estuviera, yo no ocuparía su silla por nada del mundo.

Algo sucederá... De hecho había demasiado silencio, estaban todos coludidos.

Comienzan a encender... Las velas eran prendidas y el destello se dejaba ver por encima del pañuelo que cubría mis ojos, que fue desatado lentamente. Apenas logré ver, el bullicio invadió la sala, feliz cumpleaños, gritaron tíos, sobrinos, la abuela, amigos de familia y míos.

Luces mágicas... Aunque no podía distinguir del todo, era mágico ver a tantas personas reunidas en el día de mi cumpleaños, pero cuántos de ellos realmente sentían un real aprecio por mi persona.

Deseo pedirás... Siempre cerraba mis ojos y desde que tengo conciencia que mi padre no estaba conmigo, le pedía a Dios por tener la oportunidad de volverlo a ver, pero cada vez que cumplía un año, mi creencia se enfriaba por no ver resultados. ¿Cómo se puede querer a un papá ausente?, si no fuera por el escrito, mi amor, mi comprensión hacia el ser que ayudó a concebir mi existencia física, sería nula.

De todo corazón... Le pedí de corazón a Dios y siempre le negué por no ver resultados, ahora me pregunto, ¿cómo no hice nada antes? Si no hubiera traspasado el escrito Virgen en Aprietos, no estaría viviendo lo que me sucede hoy. Estoy sintiéndome atraída por Noel, he salido de mi burbuja económica, conociendo otras realidades que vivió mi padre en su niñez y parte de su juventud, que aún existen, pero se ocultan ante nuestros ojos. Es mucha la desigualdad y muchos los millones acumulados en nuestras cuentas bancarias, que jamás serán usados, sólo transferidos de generación en generación para ostentar y estar en las revista, ocupando algún lugar entre los más ricos del país y otros entre los más ricos del mundo.

Y tu estrella fugaz... Esto me pareció despampanante, sé que lo dijo en forma poética, pero no me extrañaría que en un periodo no muy lejano, hasta las estrellas las vendan y mi padre, por no ocupar el dinero en lo realmente importante, me regalase una para sustituir su ausencia paterna.

Cruza el cielo hoy...

Tus labios juntarás.

La luz esparcirás

repartiendo calor a la humanidad.

Doncella quieres ser

con carruaje real

bailando junto a ti

Un príncipe ideal... ¿Sabes padre?, sé que ustedes quieren lo mejor para mí y eso está bien, pero lo mejor no se da sólo con el linaje. Noel me parece un buen muchacho y si se gana mi corazón, estoy dispuesta a renunciar a todo lo que tú puedas heredarme, quiero vivir enamorada de alguien que me quiera y sé que Noel ha estudiado para cambiar en parte su realidad actual, pero no quiero que su ambición lo lleve tan lejos y pierda el horizonte de lo más importante.

Un sueño breve es, que debes disfrutar los años de niñez, siempre contigo están... En eso tienes algo de razón, tal vez la niñez sea la etapa más hermosa que tengamos, si así nos permiten, perdonamos con facilidad y compartimos de corazón, pero a medida que vamos creciendo, nos enfriamos y endurecemos nuestros sentimientos, sintiéndonos más que los demás en cualquier área de nuestra vida.

Hija, creciendo estás, espero lo mejor, el esfuerzo tenaz, pero antes que nada, amor... ¿Amor papá? ¿Quién ama hoy? Muchos aman la creación, pero no creen en un creador, otros creen en Dios, pero jamás le han amado sobre todas las cosas. Por lo que sé, tú creíste en él, ¿pero amaste a tu prójimo como a ti mismo?, ¿dejaste todo y le seguiste? Yo, por mi parte, renuncié a él por no ver resultados, he sido mujer de poca fe. Tuve un pololo, como tú decías, pero mejor ni pierdo el tiempo hablándote de él.

La vida debería ser conmutativa. Tú siempre anhelaste tener más cuando conociste otras realidades económicas. Yo quisiera tener por un segundo lo que tú viviste, infancia creativa, varios hermanos, ambos padres, un amor de juventud.

Menos esa vivencia bien extraña con un mundo que para mí es ficción, de dónde salió ese tal emperador Noluz, esas criaturas temerosas llamadas pichitumbao, el cigarrillo wezañma ,Pocoluz y Simbri. Tendrás que contarme cuando te vea.

Muchas cosas has vivido, desde pequeño fuiste muy enfermizo. Tuvieron que sacarte a la trastrás de debajo del camarote en el cual dormías, para poder llevarte al hospital. Tú le tenías terror a las agujas, pues cada vez que caías enfermo, te pinchaban tu trasero. En esa ocasión te dejaron hospitalizado por un mes, te detectaron una infección en los pulmones y te sacaron pus por una sonda introducida a un costado de tus costillas. Tú madre dejó los pies en la calle por ti, amor no te falto, padre. Tuviste muchos amigos, a veces me pregunto si me abandonaste por volver con tu primer amor, esa niña llamada Paula.

¿Por qué cambiaste tanto padre? ¿El dinero cambio tu esencia? Qué le hace pensar al ser humano que tener más, te hace ser más que los demás. Te has dado cuenta de que los más ancianos buscan la calma del atardecer, escuchando tal vez la bella melodía de un pajarillo cantar o el sonar del agua de un riachuelo a la distancia. Quieren tener una compañía a quién contarle sus vivencias. Ya no buscan dinero y todo por lo que se afanaron, lo dejaron en manos de otros que sólo disputarán quién merece más. Podrías decir, qué fácil es tener para mí esta reflexión, pues yo nací con todas las comodidades; pero eso a mí no me hace feliz, tampoco me agrada que tanta gente te desprecie, si en tu infancia y parte de tu juventud, tus amigos te querían por lo que eras, no quiero té, sólo deseo escucharte y saber por tus labios en qué momento te perdiste.

Esta canción que sigue la escribiste para mis quince años, cuando me gustaba mucho un muchacho canchero, como decían ustedes, de mucho arrastre, de conversación entretenida, *facherito*, como decimos nosotras. Era tan guapo, que muchas niñas se derretían por él y fue su peor debilidad, me engañó una vez, lo disculpé, me engaño dos veces, lo perdoné y lo hizo una tercera vez, ahí ya no aguanté más. Siempre pensé que cambiaría, pues decía amarme. Pero ustedes los padres tienen un olfato, quizás un sexto sentido y ya saben de antemano qué tan bueno o malo será un chico.

No llegues tarde. Era el título de tu canción para mis quince.

Mi madre: No llegues tarde, vuelve temprano a cenar.

Yo: Mami, es un baile, quieres que vuelva antes de entrar.

Mi madre: Entiende niña, el sol no siempre ha de brillar.

Yo: Y si éste brilla, me dejarás a mí soñar. Cierro los ojos, miro qué hay en mi interior, son sueños rojos, son sueños de mi corazón.

Mi madre: También fui joven y he vivido más que tú, tuve tropiezos, tuve sueños e inquietud.

Yo: Por eso mismo debes dejarme a mí soñar, cuéntame antes y yo despierta voy a estar. Quiero ser libre, libre dentro de un recital, donde se grita, donde se salta sin cesar. Ir a la playa, junto a la olas cabalgar. Mágico viernes, prohibido de escuela hablar, fin de semana, con mis amigos quiero estar.

Cierro los ojos, miro qué hay en mi interior, son sueños rojos, son sueños de mi corazón.

Mi madre: Ese muchacho, que ha desvelado tu dormir, él no te quiere, déjalo antes de sufrir.

Yo: Quién te lo dijo, era un secreto momentáneo, quería hablarlo, pero temía al regaño.

Mi madre: Ya lo sabía, lo vi en tus ojos al brillar, cuando lloraste, cuando quisiste escapar, también fui joven y he vivido más que tú, tuve tropiezos, tuve sueños e inquietud. Cierro los ojos y miro qué hay en mi interior, son sueños rojos, porque tú eres mi corazón.

Gracias, padre, nunca pensé que te preocupases por mí, cada palabra toma un significado diferente en este momento. ¿Qué pasó realmente contigo?, ¿dónde estás?

Voy donde Noel, se abre la puerta de un costado de mi pieza, subo al auto, éste pregunta:

—¿Dónde quiere ir señorita?

—Llévame donde Noel.

—¿Quiere que me enchule para estar más ad hoc?, pues veo que usted se ha arreglado más de lo normal, ¿ese muchacho le gusta?

Mira computador, robot, circuito o como te llames, ya desconecté a mi asistente virtual. Si sigues hablando te desconecto, pues hablas más de lo necesario.

Sonrió, pues sabía que su auto decía toda la verdad. Al llegar a la casa de Noel, una señorita estaba apoyada en el hombro de éste tomándose *selfish*. Estefanía respiró profundo para que no se notara su disgusto, pues el muchacho era especialista en detectar sus estados emocionales.

—Hola Noel.

Y éste no saludó a Estefanía, el enfado ya le salía por los poros, bajó de su auto, pidió permiso sarcásticamente y se puso en medio de Noel y la niña.

—Si me vas a ignorar porque estas con otra niña, correcto, pero a mí nadie me saca celo y la proxi…

Ahí Noel interrumpió su palabra y besó sus labios, con algo de temor, pues si Estefanía no le correspondía, él, lo más probable que quedaría estampado en la reja por cometer esa osadía, pues sabía que ella se manejaba muy bien en las artes marciales. Estefanía cambió de actitud y saludó a la niña.

—Hola, disculpa mi intromisión sin haberte saludado, soy amiga de Noel, ¿cierto Noel?Noel no reaccionó, haciéndole la ley de hielo. Estefanía comprendió lo que este muchacho quería con esa actitud.

—Bueno, como te estaba diciendo, este niño es mi amor.

Noel sonrió con sus ojos y miró a la niña que se estaba sacando fotos con él y le dijo: «Gracias».

Estefanía no entendía nada la complicidad de ellos.

—Hola, soy yo la mejor amiga de Noel, él me había hablado mucho de ti, debo reconocer que ya me tenía aburrida tanto que te mencionaba

La tomó del brazo y la apartó de Noel para que éste no escuchara lo que hablarían.

—Como te decía, soy Brisa y conozco a Noel desde pequeño, pero antes de contarte más, necesitó saber si a ti te gusta, pues si no es así, no lo ilusiones. ¿Te gusta? —preguntó Brisa y Estefanía asintió con la cabeza—, entonces puedo seguir contándote. Noel se enamora y desenamora con facilidad, pero no te preocupes, no es mujeriego, es como su defensa para no sufrir tanto, atrae a las niñas con facilidad, pero las ahuyenta de la misma forma, pues confiesa su amor antes de conocerlas y arrancan del lado de él. Yo siempre le he dicho: Hazte el difícil, aunque te cueste un poco. No es mal chico, tiene todo para ser popular si él quisiera, pero no permitas que se desvíe por ese lado, a lo único que conduce es a aumentar el ego y a conductas infieles.

—Créeme Brisa, eso ya lo sé, anduve con un niño así y sufrí mucho, ahora quiero a uno más exclusivo y Noel tiene las cualidades básicas, pero no le cuentes.

Volvieron donde Noel.

Estefanía dijo:

—Mi amor, Brisa me agrada, creo que seremos mejores amigas. Vine a buscarte para que fuéramos a un centro educacional, que por lo que investigué, debe haber sido la antigua escuela de papá.

Noel, por algún motivo, no quería ir, a Estefanía le extrañó su falta de entusiasmo y le pidió a Brisa que le acompañara, ella accedió y juntas le pidieron a Noel que se sumara a su travesía.

—Para serte franco, Estefanía… Pero esta vez Estefanía no le hablaba, le hizo la ley del hielo.

—Qué te pasa, si siempre te he dicho Estefanía.

Estefanía irrumpió.

—Quería que sintieras lo que siento yo cuando tú haces lo mismo.

Me aparté.

—¿Por qué no querías venir?

—Quedé traumado con el recibimiento de la escuela arquitecto —dijo Noel.

—No por eso nos vamos a inmovilizar, yo dije, sí o sí, tenemos que encontrar a mi padre.

—Pero si tu padre… —intervino Brisa, y antes que agregara algo, Noel le interrumpió.

—Brisa, si Estefanía no ve a su padre desde los diez años.

—Pero no dejaste terminar a nuestra amiga —dijo Estefanía a Noel—, por favor, continúa Brisa con lo que querías contar.

—Siendo tu padre un connotado arquitecto, no creo que sea difícil encontrarlo.

—Con respecto a lo de arquitecto —agregó Estefanía—, nunca lo fue universitariamente, pero por conocimiento autodidacta lo merecía, es bastante metódico he instruido. Espero no encontrarme con más mentiras, mi madre algo me oculta, pues descubrí dos canciones que él me escribió y eso que no alcancé a sacar otros escritos por miedo a ser sorprendida, espero en ustedes poder confiar.

A Noel se le hizo un nudo en la garganta y Brisa miró a éste con decepción, mirada que no observó Estefanía.

Llegaron al centro educacional Nido de Abejas. Éste tenía unos rombos en la fachada, sí o sí tenía que ser su antigua escuelita, el gallinero, como le llamaban ellos al principio, en sus comienzos humildes.

—Hola —le dijo Estefanía a la mujer que se presentó como inspectora de patio—, tengo la corazonada de que mi padre pudo haber cursado su enseñanza básica acá.

—Mire señorita —dijo la inspectora—, la llevaré donde la secretaria que lleva el listado del centro de ex alumnos, a ella podrá hacerle todas las averiguaciones que quiera.

Llegaron a un salón muy acogedor, se sentaron en unos sillones ultra cómodos y la inspectora se dirigió a la mujer que entró muy segura de sí misma.

—¿Sabes mi niña?, esta jovencita quiere averiguar si su padre estudió aquí.—¿De qué año estamos hablando? —ella preguntó.

—No estoy segura del todo.

—Mejor dime su nombre completo y vemos cómo nos va —irrumpió Alicia dispuesta a indagar los archivos en profundidad.

Noel respondió por Estefanía y dijo: «Es hija de Alberto Antonio».

Alicia y la inspectora se miraron, exclamando al mismo tiempo, «¿del arquitecto Alberto Antonio?» Estefanía asintió con la cabeza, mirando a Brisa y a Noel, dispuesta a escapar, si fuese necesario.

—Deberíamos haber empezado por ahí —exclamó Alicia—, para nosotras y con mayor razón para la directora, será una sorpresa muy agradable.

Ahí los tres amigos se miraron con alivio y satisfacción.

—Acompáñennos por acá jovencitos.

La inspectora irrumpió en una oficina impecable, cuyo único desorden era un sinnúmero de papeles esparcidos en un escritorio brilloso y amplio. La mujer que tenía al frente era de contextura gruesa, grande, intimidante. Era la directora, que antes que dijeran nada, miró a Estefanía y le dijo:

—Tú eres, indudablemente, hija de Tonono.

Todos se miraron con extrañeza. La directora tomó el brazo de Estefanía y pidió a sus amigos que se acercaran, miró un espejo que estaba en un mueble que almacenaba numerosos libros, una colección completa de papelucho de Marcela Paz, el maravilloso viaje de Nils Holgersson, Sherezade, Las Mil y Una Noches; libros de aviones y muchas revistas. Luego de moverse una luz tenue, horizontalmente, la biblioteca se movió de lugar, dando acceso a un lugar muy sencillo, lejos de toda comodidad y tecnología. Había un sillón largo con dos muebles en sus extremos, uno de ellos contenía vasos y copas, que se reflejaban en el espejo que éste tenía en su parte posterior. Encima había un tocadiscos y detrás, el mueble tenía dos cajoneras llenas de discos de vinilo. En el otro extremo, una radio de carcasa de madera con una malla como aspillera, que según la directora, aún funciona, es a tubo y permitía sintonizar radios extranjeras. Toda la habitación era una casa de madera de los años ochenta, todo era antiguo con algunas griferías modernas, un bufete que tenía un dibujo de un corazón, que decía, Paula y yo. La directora dijo:

—Yo la conocí, fuimos compañeras, no sé si sabes, estos son los muebles de la casa de tus abuelos, tu padre pidió su refacción. Mira, éste fue el primer teléfono de este pueblo, yo tuve la suerte de haberlo usado.

Había un lavamanos, que es una artesa de madera. Un brasero, quiso traer su hogar, afirmando que probablemente aquí se mantendría a perpetuidad. En la muralla una foto, recuerdo de graduación y pude ver a un niño que tenía mis rasgos. La directora lo corroboró diciendo:

—Ése era tu padre, así era yo y ella era Paula. Tu padre reconstruyó y remodeló este colegio. Todos nos sorprendimos cuando llegó con jeans, polera, guantes y un jockey, pensamos que pondría la primera piedra y se marcharía, pero trabajó como jornal. Pidió fehacientemente que nadie supiera quién era, trabajó codo a codo. La fecha de entrega se redujo a la mitad y tu padre les pagó a todos un bono de eficiencia.

El arquitecto llevaba sólo un año de egresado, quiso hacer una mención honorifica y entregarle una *gift card* que donó la constructora al jornal y maestro que sobresalió, sin saber que era su jefe y comenzó diciendo: «Quiero dar las gracias a cada uno de ustedes y a mi Dios, que escuchó mis oraciones. Había muchos arquitectos merecedores de este proyecto, pero fui llamado yo, logré salir de una situación económica apremiante y sé que muchos de los que están aquí también. Nunca conocí a mi jefe, pero estoy agradecido, pues todos recibimos más de lo que esperábamos, sin tener idea de que así sería. Aprendí de todos algo, lo más difícil es trabajar con el carácter y forma de pensar de las personas, sé que para muchos es incómodo que un joven sin gran experiencia práctica los dirigiera, pero me los pude ganar, inclusive a Juanito el más refunfuñón. El jornal y maestro, al cual ustedes le decían <el carretilla>, es el que recibe el premio y diploma al mejor trabajador; por el apoyo que les dio a cada uno de vosotros y en particular a mí, pues quedé gratamente sorprendido al escuchar cada consejo y conocimiento que me dio. Puede pasar adelante a recibir su premio, nuestro compañero de labores, <el carretilla>.

Ahí tuve que intervenir como directora y hacerme la cómplice de tu padre y decir: «El carretilla, como ustedes le llamaban, dejó las gracias por tal mención, pidió que gastaran el premio en una comida, a la cual él no podría asistir, y si quedaba dinero, lo repartieran en partes iguales en toda la nómina de trabajadores. Todos se sorprendieron y sospecharon que era un infiltrado en la construcción, sabía demasiado y conocía a cada uno de los empleados. El carretilla se había ganado el respeto de muchos, pero también tenía a más de algún refractor, sobre todo, aquellos buenos para sacar la vuelta, esos que dejan en los hombros de otros lo que le corresponde hacer a ellos».

Estefanía se sorprendió de que su padre realizase ese trabajo y sus amigos no creían que un hombre bien cuidado, quisiese tener callosidades y manos partidas, que por más que usase guantes, podría evitarlo.

La directora siguió hablando de Tonono y dijo:

—Yo, con Alberto Antonio, somos buenos amigos.

Ahí Estefanía la miró con sorpresa y exclamó:

—¡Somos! No me diga que se frecuentan.

La directora la miró y le respondió, «por…»

Se inmiscuyó en la conversación Noel.

—Obvió, Estefanía, que la directora dirá que no, todos sabemos que a tu padre se le dejó de ver hace siete años, mejor pídele la dirección de Paula e investiguemos por ese lado.

La directora le dio la dirección y le aclaró que sería mejor no visitarla. Estefanía agradeció a la directora y le dijo: «Un gusto conocerte María y déjele mis saludos a Fabiola, la inspectora de patio, la directora la miró con asombro, me di cuenta porque aparece junto a ella en la foto y mi padre las mencionó en un escrito».

Salieron en el auto y dieron la dirección de Paula, para que el vehículo lo agregase al archivo. «Llévanos donde Paula». El auto era lujoso, con asientos cómodos que llamaban al relajo total. Desde afuera no se podía ver quién estaba adentro, a menos que se le diese la orden de permitir verse. No mantenía volante, a menos que fuese requerido. Estaba lleno de sensores que evitaban todo tipo de tráficos complicados y eludía cualquier vehículo que fuese a impactarlo. En Chile sólo había dos de ellos y se traía sólo por encargo.

Todo estaba tranquilo, hasta que vio un asalto a una señora, la cual se defendía bien, pero eran ya cuatro delincuentes contra una señora. Estefanía le dijo al auto: «Despeje cielo», se abrió el techo y una plataforma impulsó a Estefanía y cayó al lado de uno de los asaltantes, redujo a tres de ellos que la insultaban por entrometerse. El cuarto individuo sacó un cuchillo y alcanzó a clavar levemente la punta en la espalda de aquella mujer, cuando Estefanía golpeó el arma y el brazo del cuarto hombre, dándole luego un golpe en la cara que lo mandó al piso. La señora le dio las gracias a Estefanía y ésta le ofreció llevarla a casa. La mujer accedió, pues estaba muy nerviosa. Estefanía pidió a la señora su dirección y el auto, al ingresarla, señala dirección exacta a la ingresada anteriormente. Los amigos se miraron y se dieron cuenta que había grandes posibilidades de que la señora que estaba en el auto fuese Paula. Todos enmudecieron y escucharon atentamente lo que la mujer contaba con respecto al asalto. Estefanía le revisó la espalda, le limpió, desinfectó, junto los bordes de piel y selló.

Al llegar a casa, la mujer los invitó a tomar una taza de té, agradecida eternamente de Estefanía, lo extraño era que no le quitaba los ojos de encima y le dijo: «Hace muchos años conocí a un jovencito algo debilucho, tímido, pero sincero y noble, que dijo amarme, pero se olvidó de mí. Perdone que les cuente mi vida, llevo sola más de diez años. Enviudé y mi vida comenzó a marchitarse por otros sucesos que ustedes no desearán oír. Les mostraré algo que él me regaló, es de plata de muy baja calidad, pero su valor para mí, en ese momento y hasta ahora, es incalculable». La mujer sacó una cajita de terciopelo y la abrió. Mostró una cereza, que Estefanía miró, pero se hizo la desentendida. «Bonita», dijeron todos. «Tú, Estefanía, me recuerdas a él. Tu mirada, no sé, algo hay. La señora sollozó y pidió disculpa a los asistentes, a este niño lo vi por primera vez en la casa que tenía el único teléfono público de este lugar, ahí conocí las cerezas corazón de paloma, él me llamó así, nunca pensé que una sola palabra, dicha en el momento oportuno, puede mover hasta los sentimientos más aquietados».

Terminaron de compartir y se retiraron, subieron al auto, Estefanía pidió que los llevara a casa de Noel, los dejó y se retiró a la suya.

Quedaron Brisa con Noel conversando y ella le dijo:

—Supongo que te diste cuenta de que está molesta, tú algo sabes, ocultas o tramas. ¿No la quieres?

—Ése es mi gran problema ahora —aclaró Noel—, no dejo de pensar en ella, me desvelo y la veo por todos lados, estoy totalmente enamorado de ella.

—Extraño es, tú trabajabas y estudiabas para ayudar a tus padres económicamente, pues tu papá está sin trabajo. Qué haces para no preocuparte ahora, ¿por qué estas siempre disponible para Estefanía? ¡Te están pagando muy bien! ¿Cuál es tu secreto? ¿Acaso no confías en mí?

—Amiga —Noel habló—, tú sabes que eres una de las mujeres más importantes en mi vida, jamás hemos tenido secretos, por lo menos no de mi parte. Es tanta nuestra conexión que hasta conversamos sin palabras, pero perdona, no puedo contar, más temprano que tarde lo sabrás. Te acompaño a tu casa.

Brisa se tomó del brazo de Noel y luego volvió a su casa, saludó y se encerró en su pieza, que era bastante pequeña para un joven de la misma edad de Estefanía, pero de cara más infantil, siempre cantaba y el brillo de sus ojos estaban hoy algo apagados, se tapó con su plumón la cara y no dejaba de pensar si lo que estaba haciendo era realmente lo correcto.

Estefanía, por su parte, ya se había dado cuenta de las frecuentes interrupciones de Noel cuando alguien iba a hablar de su padre. No quería encararlo, temía escuchar algo que le causara otra herida a su dañado corazón y decidió seguir pidiéndole ayuda, pero no para los lugares estratégicos. De ahora en adelante no confiaría en nadie, hasta saber qué es lo que está sucediendo realmente. Entró a la sala donde estaban guardado los documentos y sacó dos más para que no fuese notorio, uno era una canción que le escribió su padre cuando ella había nacido.

Pujada de diciembre

Ha llegado el día diecisiete de diciembre, cuando el sol caía, caminé de un lado a otro. Nunca estuve tan nervioso, creo que llegó la hora, nueve de dilatación, próxima pujada, vístase como doctor y deje su reloj. No servirá de nada, la próxima pujada es su entrada.

Primeriza mujer, madre tú vas a ser, has elegido tener al más hermoso ser, de tu vientre salió, en tus brazos quedó por obra y gracia de Dios. Es una bendición, entre lila y cobrizo.

No distingo color.

Sólo escucho que llora, una guagua que implora, que se siente perdida, pues no hay conexión. Necesita el abrazo de ese ser que la trajo y que ahora la deja salir a la estación, de una vida compleja.

Pero mientras yo pueda, cuidaré tu estadía. Créeme, no estás sola, cuenta conmigo hoy día. Soy tu padre y amigo, desde que me enteré de la bella noticia, que me dio mi mujer. Tengo atraso, me dijo, tuve que hacerme el test, ha dado positivo. Diga qué piensa usted.

Papá, papapá, papá, papá... papá, papapá, papá... papá, papapá, papá, papá.

Primeriza mujer, madre tú vas a ser, has elegido tener al más hermoso ser, de tu vientre salió, en tus brazos quedó por obra y gracia de Dios. Es una bendición.

Gracias padre por esta canción, la intención fue buena. Ahora pienso que has estado en algún lugar cerca del mío. Estoy muy cerca de dilucidar qué pasó contigo, te encontraré, me debes una larga explicación. Ahora leeré lo otro que saqué de la caja de recuerdos valiosos.

Mi boda

Caminando lentamente, te diriges al altar, eres la protagonista de esta boda celestial, eres musa del artista con el cual te has de casar. Este es un paso importante, vienen muchos que hay que dar. Aunque existan tempestades, juntos tendrán que remar.

Hace algunos años tú llegaste, sin pensarlo en mi vida quedaste, mi mundo contigo cambió, al verte quería que fuese yo el hombre que acompaña tu vivir, el hombre que contigo ha de sentir, que ya han dejado de ser dos, pues uno es lo que ha pedido Dios.

Mujer de hermosa cabellera, bella y abundante tu cadera, más de una noche te pensé, más de una noche contigo soñé.

Tantos años hemos compartido, penas y alegrías se han vivido. El cuento de hada no existió, como en el libro se escribió, castillos ni dragones ella vio.

Esta es otra parte de la historia, tomaré un lápiz de luz y escribiré lo que respondas tú.

Cásate conmigo, esposa mía, cásate conmigo y este día, regala un sí nupcial. Permíteme contigo siempre estar.

Sí, por eso estoy aquí, porque voy a decir sí, por siempre y para siempre, sí, pues en tus ojos vi, el Dios que vive en mí. Si por eso estoy aquí, porque voy a decir sí, por siempre y para siempre, sí, pues en tus ojos vi que vas a estar aquí por siempre y para siempre.

Bonita canción padre, y ¿qué paso con el siempre y para siempre? De qué sirven las promesas, si no son capaces de cumplirlas. Por qué no se vuelven realmente a Dios y hacen lo que él pide. Tal vez yo no estaría viviendo esto.

Mañana iré sola a ver a Paula, ella para mí, es una pieza clave. Espero resolver esto lo antes posible, pues le comuniqué a mi madre que cuando fuese mayor de edad, viajaría sola al extranjero. No tengo claro aún si irme a Sídney, a Londres. Necesito despejarme, expresarme, plasmar lo que siento y encuentre o no encuentre a mi padre, quiero reconciliarme con Dios. Mi padre Alberto Antonio ha estado cerca de alguna u otra forma, pero yo jamás lo vi así y renegué de Dios por no ver a mi padre cuando se lo pedí en oración. Esté donde esté, esté con quien esté, esté muerto o vivo, enfermo o sano. Yo me doy por satisfecha, sé que no me abandonaste a los diez años, sé que hay amor en ti, mucha gente te ama y otros tantos no quieren ni verte. Te perdono, pues tengo que honrar a padre y a madre. Te amo porque aprendí a conocerte gracias a lo que escribiste y quién soy yo para juzgarte. Quisiera poder tenerte a mi lado para poder abrazarte, y si mamá me ha fallado, tendré que entender, espero que no lo diga con un libro, por último con un video. Te agradezco también que me hayas brindado la oportunidad de desconectarme de mi asistente virtual, pues ya era tecno adicta. He soñado, he imaginado, he perdonado y me he vuelto a enamorar, no sé si Noel o mi amor como a él, le gusta que le diga, sienta lo mismo, pero seré fuerte y esperaré lo que la vida me depare o, lo que es mejor aún, lo que Dios tenga para mí.

Hoy son las nueve del día y estoy lista para visitar a Paula, creo que tendremos una larga conversación. «Auto, vamos donde Paula». Estefanía encontró el viaje más largo que nunca, estaba ansiosa por llegar. Tocó el timbre y abrió la puerta la mujer que la había atendido anteriormente.

—Hola mi niña, no sé cómo agradecerte lo que hiciste por mí. Pídeme lo que quieras.

—En realidad, lo único que quiero es que usted sea sincera. Tengo muchas dudas, eres Paula, ¿estoy en lo cierto?

Paula le miró y dijo:

—Así es, no quiero pensar que tú eres familiar de Tonono.

—Sí, mi nombre es Estefanía, soy hija de Alberto Antonio, al que conoció por Tonono, sé que eres su primer amor, té escribió poesía, se enamoró perdidamente de ti. Recuerda cuando te le caíste encima jugando al pillarse y le dijiste tontito.

También habla del primer beso contigo —ahí a Paula le corrían las lágrimas—, fue fascinante para él y algo bochornoso, pues se le elevó el pantalón y lo disimuló corriendo.

—No sabía que Tonono tenía una hija, te pareces mucho a él y me alegra que me cuentes esas cosas, llegué a pensar que nunca existí para tu padre. Desde que le dio meningitis meningocócica, yo dejé de estar en su vida. Lo fui a ver al hospital, pero no me reconoció, me alejé de él, para no forzarlo a que me reconociese. Estaba claro que no era un mal menor, pues cuando a él le sucedió eso, el doctor le dijo a tu abuela que se moriría o quedaría en estado vegetal. Todos lloramos al enterarnos de tal noticia.

Tu abuela me contó, que antes de entrar Tonono en un estado de locura, le dijo a ella que lo llevara al hospital, pues sentía que se le reventaba la cabeza, ella se dio cuenta de que ardía en fiebre, pero antes de entrar en un estado de demencia, le dijo: «Madre, estoy mal, tan mal, que le he pedido a Dios con esta oración, de todo corazón, otra oportunidad, le dije que quería vivir, sabe que no he conocido mujer alguna, no sé lo que es amar, sólo sé lo que es estar enamorado, quiero tener una familia, hijos, por favor escúchame».

Ahí partió tu abuela con él a un hospital. Se demoraban en atenderlo, tu abuela cuenta que tuvo comportamientos extraños. Que abría la boca y se apegaba a las murallas, sin poder ella sosegarlo. Luego se tiró al suelo y una enfermera vio su comportamiento y lo hizo pasar inmediatamente, donde un doctor se extrañó de su locura y le preguntó a la mamá de Tonono si él bebía alcohol, si consumía drogas. Al tener una respuesta negativa de tu abuela, tuvieron que hacer un análisis encéfalo raquídeo y el resultado fue meningitis meningocócica. Lo trasladaron de urgencia a otro hospital con más experiencia en esta enfermedad. Después de varios análisis y luego de una junta médica, el diagnóstico era devastador. A tu abuela le dijeron lo que ya te he dicho: «Este joven muere o queda en estado vegetal».

La madre de Tonono no dejaba de llorar y me contó a mí lo sucedido, ella no dejaba de rezar y le pedía que escuchara la oración de petición que había hecho Tonono. A los pocos días y fuera de todo pronóstico, Tonono evolucionó favorablemente y lo único que tenía eran ciertos recuerdos borrados, pero, para mi desgracia, yo era uno de ellos. Lloré como una niña y esperé más de un año que viniese a buscarme. Perdí la esperanza y acepté el cortejo de un joven militar.

Estefanía interrumpió.

—Hasta el momento vamos bien, pero mi padre, al verla a usted engañándolo con ese joven, se le vino el mundo abajo y lloró como un niño y pidió a los cuatro vientos, diciendo: «Trágame tierra». Sucediendo algo muy extraño, se manifestaron los vientos y un agujero se abrió, cayó arrastrado por una mano pequeña, que era de un pichitumbao, criatura pequeña, oscura y de ojos luminosos. Él vio la luz al final de un túnel, pero se dejó llevar por la oscuridad, atraído por una mujer atractiva que lo sedujo y lo llevó en un auto, de lujo para su época; si no me falla la memoria, era un Rolls-Royce, se presentó ante Noluz, el emperador del mal.

Paula interrumpió y continúo hablando ella.

—Hay cosas que no cuadran. Yo jamás lo engañé y sí sentí su presencia, pero no lo vi, yo empecé mi relación cuando él ya no me conocía. Nosotros tratamos dos veces de intimar, la primera vez no pudo por miedo, yo, en la segunda, le di piña colada para que se relajase, pero se me pasó la mano y se curó, él decía: «Si voy a hacer el amor por primera vez, no será bajo este efecto», y se fue a compartir con unos amigos. Fue la última vez que él me reconoció.

—Pero usted algo me oculta —inquirió Estefanía—. Le diré por qué, esos hombres que le seguían, tenían unas marcas, eran letras **i**, a ti Paula, no te querían asaltar, lo que buscaban era darte muerte, ¿por qué? Esos hombres, si se les puede llamar así, pueden haber sido pichitumbao, porque cuando los ataqué y los golpeé, cayeron y se enroscaron como chanchitos de tierra. Por favor Paula, dime todo lo que sabes y terminemos con esto. Por lo que tú me has contado hasta este momento, logro deducir que el escrito que llegó a mis manos, a través del neurocirujano, llamado Virgen en Aprietos, es porque mi padre podría haberse muerto virgen y en aprietos. Entonces tenemos que lograr armar este rompecabezas, ¿hay algo más que le haya contado mi abuela?

—Tu padre le contó a tu abuela que estaba frente a una aglomeración de rocas circulares fusionadas en tierra húmeda, ésta comenzó a abrirse y Tonono ingresó en un túnel oscuro, su cuerpo no existía. Él sabía que era él, pero no se veía. Él dijo que su alma viajó, que jamás había sentido una paz y tranquilidad tan grande en esta tierra. Dice haber llegado al final, donde hay una luz. Escuchó varias voces diciendo: «¿Quieres venir con nosotros?» y el respondió que no, que sólo quería ver qué había más allá de la luz. Le preguntaron más de una vez y la respuesta siempre fue la misma. Dice que habló una voz, que tiene autoridad sobre las otras voces y dijo: «Mándele de vuelta». Ahí se recuperó de su estado.

—Vamos avanzando —dijo Estefanía—. Hay cosas que no podré entender hasta que hable con mi padre, pero veamos, usted dice haber enviudado hace diez años, yo creo no tener rastro de mi padre desde mis diez años, ahora tengo diecisiete. No me diga que usted, por despecho, raptó a mi padre.

—No —respondió Paula—, estás equivocada, lo que sí hice, pero no puedo revertir, fue un muñeco que representa a tu padre y le clavé una aguja en el cerebro. Yo enviudé, yo quedé sola, nunca pensé que Tonono tendría una hija. Sólo quería que volviera. Al poco tiempo que mi marido falleció, se murió mi abuela. No podía morir, se revolcaba en la cama, pues era bruja y era la hora que tendría que pagar. Ella me dijo que la única forma de escapar de ese tormento era que le diera muerte o que ella perpetuase su brujería en un familiar de sangre. Yo acepté sin saber en lo que me estaba metiendo. Luego de hacer el ritual, ella murió y su cara se secó. He soñado con el mal, he soñado con Noluz, sé que soy su favorita, sé que ha mandado a buscarme, pero no quiero morir, estoy aterrada. Esto es una pesadilla que se repite noche tras noche.

—No sabes el mal que me has hecho —le dijo Estefanía—, peor aún, el mal que te haces tú. Yo sé ahora que tú eres la favorita de Noluz. ¿Sabes?, el Rolls-Royce al cual se subió mi padre, lo manejabas tú, eres Simbri en ese mundo y eres la preferida de Noluz. Mi padre fue nombrado Pocoluz y quiso estar contigo en la oscuridad, es un mundo de sufrimiento, vuélcate ahora al único Dios padre, antes que sea demasiado tarde.

—No puedo, estoy atrapada.

—Adiós, Paula, deja el rencor, perdona y ama, como cuando eras niña. Hiciste cruzar por un tubo a mi padre y le gritaste mi amor. Sé mucho de ti y sé mucho de mi padre. Tú dijiste: «Pídeme lo que quieras». Yo te pido, saca esa aguja de ese muñeco y deja a Tonono en libertad. Arrepiéntete.

«Auto, llévame a casa, ya sabes, a Valle Escondido». Estefanía entró a su pieza y se durmió en el auto, pero despertó al escuchar al auto decir: «Tiene visita, son el neurocirujano, Noel, su amor, y don Alberto Antonio, su padre». Estefanía no entendía nada, pero sabía que algo andaba mal. Podría defenderse perfectamente, pero no quería dañar a nadie. Vio al doctor, a Noel, y alcanzó a distinguir a un hombre de traje pasearse por su habitación, tenía una cicatriz en la mano izquierda, con la forma de un bumerán, ellos no se acercaron al auto.

Estefanía se bajó del auto, sabía que la detectarían pronto. Quedó pensando en el hombre de traje y cerró los ojos por un momento, rogándole a Dios poder recordar algo, una secuencia de imágenes se apareció en su mente, todos los hombres con diferentes vestimentas que habían pasado por su casa. El eléctrico, el gasfíter, el jardinero, el carpintero, el albañil y el hombre de traje impecable, eran la misma persona, pues todos tenían la cicatriz. Se dio cuenta que su padre jamás la había abandonado, estuvo con ella todo el tiempo y su mamá lo sabía, logró asimilar el rostro paterno. Pero no entendía por qué estaba bloqueada mentalmente. Se alegró de tal manera, que corrió a la sala principal para abrazar y decirle a ese hombre, te amo papá.

La sala estaba con varias personas, entre ellos el neurocirujano, Noel, el padre, su mamá, su instructor personal de artes marciales y más de una enfermera. No entendía el porqué de tanta gente, pero aun así, su euforia con lágrimas no disminuía. Corrió hasta su padre, le grito te a… y en ese preciso momento, su mente se bloqueó. Nadie entendió nada. Redujeron a Estefanía y la llevaron al centro neurológico más equipado tecnológicamente en Chile, todo auspiciado por Alberto Antonio. A Estefanía la encerraron en una sala con vidrio, en una cama quedó acostada. Unos brazaletes de polipropileno afirmaban sus extremidades inferiores y superiores, su cabeza tenía un cintillo de sujeción que no le permitía girar la cara. Ella estaba rodeada de todo un equipo médico, eran demasiados. Junto a ella, otra cama aún vacía. Una voz desde un intercomunicador comenzó a hablar.

—Hija, soy Tonono, al que tú conocías como Alberto Antonio. A los diez años te perdí, pues tú no eras capaz de reconocerme. Pensamos que podías tener prosopagnosia, pero a la única persona que no reconocías era a mí. No sabes todo lo que he sufrido por no poder abrazarte y decirte, te amo hija. El neurocirujano lleva años en esta familia, es mi amigo, ha seguido tu historial desde hace siete años. Hemos sido cautelosos para no confundirte. Noel trabaja para mí, es un electrónico con un futuro brillante, solicité su ayuda, pero no estaba en el trato que se enamorase de ti. Tuve la esperanza de que cuando traspasases el escrito Virgen en Aprietos, se conectara algo en tu cerebro y me reconocieses. Muchas de las cosas que leíste tienen algo de ficción, pero la mayoría es real. No sé si lo sabes, pero la neurocirugía ha tenido unos avances agigantados, desde los informes de Sergio Canavero. Quiero que tengas hijos y puedas reconocerlos, tienes toda una vida por delante y yo ya voy retrocediendo. Tengo fe en esta cirugía.

Se abre la puerta y entra el señor con la cicatriz en la mano, se recuesta en la cama vacía y es asegurado su cuerpo para la inmovilidad.

—Ya que hablaste, hombre extraño, padre ausente. Ahora me toca a mí, te equivocas. Aprendí con tu relato a sentir amor y si bien no puedo reconocerte y decirte padre, sí puedo decirte que siento mucho cariño y afecto por ese niño que fue Tonono. Que a pesar de ser pobre, era feliz. Fuiste atormentado desde pequeño con fuerzas extrañas, pesadillas y visiones, pero ¿qué hacías?, rezabas el Padre Nuestro y tu pesadilla se borraba por ese día. Tuviste una enfermedad grave, que te tuvo al borde de la muerte, le pediste a Dios una familia, pues eras virgen y estabas en aprietos. Viste el túnel, llegaste a la luz y se te envió de vuelta. Olvidaste a Paula, tu primer amor y créeme, ella está muy dañada y perdida. Lograste consolidar una gran riqueza con aliados y detractores, pero mírate, estás vacío, porque no te conozco, pero lo peor aún, perdiste tu fe en Dios y todo lo manejas con tu dinero. Te amo extraño, pero no creo que esto cambie las cosas.

Alberto Antonio pidió al neurocirujano que procediera.

Estefanía se duerme y entra en un shock séptico, impredecible, inconcebible. Alberto Antonio, al no ser aún anestesiado, pide que le suelten y exige explicaciones al neurocirujano, éste quedó sin palabras, pues no había nada que pudiera provocarlo. Muchos del equipo pagado, abandonaron el lugar, pues sabían que era un procedimiento no autorizado y traería sumarios, pérdidas de libertad y desprestigio.

La mamá de Estefanía corrió hacia ella y lloraba en su pecho, Noel se agarraba la cabeza y no entendía el porqué de ese desenlace, una enfermera se arrodilló y comenzó a orar. Alberto no podía arrodillase, algo lo tenía momificado. Pasó por su mente el recuerdo de su mamá diciendo: «Recuerda que hay un sólo Dios y a él y sólo a él, hay que pedirle ayuda».

Alberto cayó de rodillas y cantó con voz desafinada, pero de corazón.

Hoy doblo mis rodillas hacia ti.

Siempre que te necesité, tú estabas para mí

y mira qué hice yo.

Mi vida tal cual seguí

y mira qué hice yo.

Ningún cambio hubo en mí.

La roca en tierra húmeda se abrió.

Una paz infinita me invadió

y mi alma viajóhasta llegar a la luz.

Donde se preguntó¿Quiere venir con nosotros?

Yo les dije que no.

Yo quiero ver qué hay

más allá de la luz.

Yo quiero ver qué hay

más allá de la luz.

Habló una voz que tiene autoridad.

Le dijo a las otras voces,

de vuelta debe estar

y mira qué hice yo.

Mi vida tal cual seguí

y mira qué hice yo.

Ningún cambio

hubo en mí.

Una imagen de Paula, arrodillada, con un rostro hermoso, sacando la aguja del muñeco que supuestamente dañaría a Tonono, logra limpiar la memoria de Estefanía, volviendo a la vida gritando: los amo, y diciendo: Padre, si quieres, puedes abrazarme.

www.ingramcontent.com/pod-product-compliance
Lightning Source LLC
LaVergne TN
LVHW091556060526
838200LV00036B/869